きみって私のこと好きなんでしょ？
2
とりあえずデートでもしてみる？
望公太
Nozomi Kota
イラスト／日向あずり
GA文
JN131149

CONTENTS

KIMISUKI VOL.2 Toriaezu date demo shitemiru?

私達もう付き合ってるんだから
くっつくのに口実なんて
いらないでしょ？

きみって私のこと好きなんでしょ？２

とりあえずデートでもしてみる？

望　公太

GA文庫

キャラクター紹介
白森霞
文芸同好会の先輩。
学園美少女四天王の一人。
黒矢くんのことが好き。

黒矢藤吉
文芸同好会の部員。
人付き合いが苦手なタイプ。
白森先輩のことが好き。

プロローグ

昔からよく、大人達から『大人びている』と言われた。

学校の友達や先生から、そして近所のおじさんおばさんから。

そして——実の父親からも。

体の成長が同年代と比べて少しばかり早かったというのも少しは関係しているとは思うけれど、でも一番は性格や内面、あるいは外面《そとづら》のせいだと思う。

私はどうやら——大人びているらしい。

自慢でも謙遜《けんそん》でもなく、客観的にそう思う。

大人達はおそらく、褒め言葉のつもりで私を『大人びている』と称するのだろうけれど、私の方は正直、さほど嬉しくはなかった。

まあ別に、悲しくもないけど。

要するに——無。

なにも感じない。

だって。

大人が言う『大人びている』とは、要するに『手がかからない子』って意味だから。

親や先生の言うことをよく聞いて。

聞き分けがよくて。

わがままを言わなくて。

ふざけたり遊んだりしないで。

親の都合を考えずに『一緒に遊んでよ』とか『どこどこに連れてって』とか言い出さず、たとえば家に誰もいなくても、ずっと一人で本を読んだり勉強したりして大人しく過ごしているような――

そういう子が、大人から見た『大人びている』子供なのだと思う。

ならば――きっと私はそうなんだろう。

そういう風に、生きてきたから。

そういう風に、生きるしかなかったから。

直接言葉で命じられたわけじゃないけれど、私の周囲は私に『大人びている』ことを求めていたような気がする。

だから私は、その期待に応えようと思った。

なりたかったわけじゃないけれど、期待には応えたいと思った。

大人びていようと――大人になりたいと、そう思った。

そうしていれば、いつか、きっと――

第一章　破顔ウインク

美少女四天王。

俺《おれ》の通う緑羽《みどりば》高校には、見目麗《みめうるわ》しい美少女が四人存在する。

彼女らは仲のいい友達同士で、共に行動しているとその類《たぐ》い希《まれ》なる美貌《びぼう》からどうしても目立ってしまう。

一年時は四人全員が同じクラスだったらしく、その頃から『美少女四天王』などという大変頭の悪い異名で呼ばれ出したらしい。

そんな彼女らも——今や最終学年の三年生。

クラスは四人、別々となっている。

その結果——校内で四人が一緒にいることは、結構少なくなったらしい。

別に疎遠《そえん》になったとかそういうことではなく……彼女らのような人気者の陽キャは、いちいち休み時間のたびにクラスを移動したりしないのだ。

放っておいても向こうから人が寄ってくる。

クラス内で簡単に、勝手にコミュニティができあがってしまう。

だから学校内で無理に四人で連《ツル》もうとはしない。

あるいは——目立つのを避けたい、というのもあるのかもしれない。

見慣れた三年生にとっては別だろうけど、一年生、二年生にとっては、三年の『美少女四天王』は憧《あこが》れの先輩であり、たまにしか見られない尊《とうと》い存在だ。

彼女らの一人が学食に来ただけで、低学年からちょっとした注目を集める。

もしそれが、四人中三人が一緒に来ようものなら——

「……おおっ。見ろよ、あれ」

「すげえ、四天王だ……！」

「しかも——三人も一緒にいる……！」

ざわざわ、と。

昼食時の学食で一部の生徒達が騒ぎ始める。おそらくは一年生だろう。噂の美少女達を拝めた幸運を喜んでいるに違いない。

まして——四天王のうち三人も揃っているとなれば、その興奮もひとしおだろう。

学食に姿を現わしたのは——

『黒ギャル』

『ツインテールロリ』

そして——『人妻』の三人だった。

羨望《せんぼう》の眼差《まなざ》しを集める彼女達だったが、しかし当の本人達は気にする素振《そぶ》りもなく券売機へと並ぶ――いや。

下級生の視線を相手にしなかったのは、三人中二人だけだった。

『黒ギャル』と『人妻』の二人だけ。

「いえーいっ。ぴーすぴーすっ」

残りの一人――『ロリ』はというと、自分に注目している下級生達に気づくと、彼らに愛嬌《あいきょう》たっぷりの笑みを向けた。

手を振ったりピースを決めたりと、サービス精神たっぷりの振る舞いを見せる。

『ツインテールロリ』――左近梨乃《さこんりの》。

とても高校三年には思えない、小柄な体軀《たいく》と幼い顔立ち。琥珀《こはく》色をした髪は左右で二つに括《くく》られていて、ただでさえ幼い雰囲気をさらに加速させる。

ナンセンス極まりない呼び名をあまり褒めたくはないけれど――異名をそのまま体現したような、大層かわいらしく愛らしい美少女だった。

「下級生くん達、元気してるー？　みんな大好き、梨乃ちゃんだよぉ～」

「やめろバカ」

あざといぐらいに愛想たっぷりのスマイルを振りまく左近先輩の頭を、後ろにいた右京《うきょう》先輩が軽く小突く。

『黒ギャル』――右京杏《あん》。

異名通り、色黒でギャルっぽい風貌《ふうぼう》をした美少女だ。目つきが鋭く、その上でばっちりメイクもしているせいか、ややトゲトゲしい印象を受ける。

彼女は苛立《いらだ》ちの籠《こ》もった鋭い眼差しで、左近先輩を見下ろす。

左近先輩の方は、涙目となって頬《ほお》を膨《ふく》らませた。

「いったーっ！　もう、なにすんの、杏にゃん！」

「恥《は》ずかしい真似してるからだろ」

「なにも恥ずかしいことなんてしてないでしょー？　かわいい下級生達に、かわいいかわいい梨乃ちゃんの存在をアピってただけじゃんっ」

「それがハズいっつってんだよ。ったく……だから梨乃と一緒に飯食うのは嫌《いや》なんだよ」

「サービス精神が足りないなあ。杏にゃんは『美少女四天王』の自覚が足りないんじゃないの？　梨乃達はこの学園のアイドルグループなんだよ？」

「……そのダセえ異名で喜んでんの、私らの中でお前だけだからな」

心底うんざりした様子で言う右京先輩。

『美少女四天王』というなんとも安直なネーミングを、四人の中で左近先輩だけはノリノリで自称しているようだった。

「やれやれ、杏にゃんには危機感が足りないね。いつどこで誰が四天王の称号を狙ってるかわ

からないっていうのに」

「いつでも譲ってやるわ、こんなもん」

「……本当にいいの？　もうすぐ――『あの人』が留学から帰ってくるんだよ？　私達がまだ五人組だった頃に、圧倒的なカリスマと美貌で私達を率いていた、あの、伝説の初期メンバーが……」

「誰だよそいつは⁉　私らに初期メンバーなんていねえよ」

「にゃははは っ。そうでした。一年時からずっと仲良し四人組でしたっ」

盛大に突っ込む右京先輩と、けらけら笑う左近先輩。

伝説の初期メンバーはいないらしかった。

クソ。一瞬、信じちまったじゃねえか。

四天王と言いつつ『五人目』とか『幻の零番目《ゼロ》』とかがいるという、よくあるパターンかと思っちまったじゃねえか。

「ったく……おい、霞《かすみ》。お前もなんとか言ってくれよ」

右京先輩は呆《あき》れ口調で言う。

それに応じるのは――『人妻』の異名を取る彼女。

「えー？　私？　うーん、そうだなあ」

『人妻』――白森《しらもり》霞。

長身でスタイルがよく、しかし出るとこはしっかり出ている。美少女というよりは美女と表現したくなるような、大人びた美貌を誇る高校三年生。

『人妻』などという大変不名誉な肩書き以外にも、『文芸同好会代表』という正式な肩書きも有している。

ちなみに俺は――そこの副代表だ。

「まあ私も杏と同じで、変なキャッチフレーズには釈然《しゃくぜん》としないものがあったけどさあ。でも、梨乃の気持ちも少しはわかるよね」

白森先輩はくすりと微笑《ほほえ》む。

「自分を好きだって言ってくれる子に、サービスしたいって気持ち」

悪戯《いたずら》を思いついたような顔で言った後、ぐるりと周囲を見渡す。

そして――俺を見つけた。

学食の隅の方で飯を食っていた俺と、ばっちりと目が合ってしまう。

「……っ」

目が合った瞬間、俺の方はぎくりと身を強《こわ》ばらせてしまう。

白森先輩はそんな俺の様子を見て、一瞬余裕ぶった笑みを浮かべた後――

ぱちり、とウインクをしてきた。

片目だけを閉じる、シンプルな仕草《しぐさ》。

ただそれだけのことなのに——俺はとても落ち着かない気分にさせられた。

おいおい……なにやってんだ、あの先輩？

誰が見てるかわからねえってのに、あんな露骨なことを……！

しかもサービスって。

なんのサービスなんだよ、これは……？

ていうか……『自分を好きだっていう子に』って、たぶん俺のことだよな。

俺がこっそり彼女を見ていることも、そして聞き耳を立てていることも、全部承知の上で狙い澄ましたようなウインクをしてきたってことかよ？

ああ、もう。

敵《かな》わねえなあ、マジで。

なんなんだよ、この敗北感……！

「……くくくっ」

一人悶々《もんもん》と苦悩する俺を、対面に座っている友人の刻也《ときや》が笑う。

その表情から察するに、ウインクには気づいているらしい。

「ラブラブで羨ましいなあ、おい」

「……うっせー、ほっとけ」

冷やかしの声に力なく返した。

白森霞。

『美少女四天王』の一角にして『人妻』の異名を取る高校三年生。

俺にとっては一個上の先輩で、二人しかいない同好会の会長で、その美貌と社交性から男女問わずに人気があって——

そして現在では俺、黒矢総吉《くろやそうきち》の、お試しの彼女だった。

さて。

俺のような陰キャの中の陰キャが、なぜ学園の人気者と、お試しとは言え交際できるようになってしまったのか。

話は一月《ひとつき》ほど遡《さかのぼ》る。

最初に大前提となる部分から説明すると——

俺は——同じ同好会の先輩である白森霞に惚《ほ》れていた。

恥《は》ずかしながら、結構どっぷりと好きになっていた。

出会ったときからほとんど一目惚れみたいに好きになってしまい、その後一年でどんどん好きになってしまった。

もちろん、分不相応《ぶんふそうおう》な願いだということは重々承知だった。

彼女が俺に優しいのは、彼女のような陽キャは誰にでも優しいからであって、それを特別なことだと勘違いしてはならない。単なる親切になにかを期待してしまえば、お互いに余計な傷を負うだけだ。

釣り合うなんて思っちゃいない。

付き合えるなんて思っちゃいない。

ただまあ……そうは言ってもワンチャンを期待するような気持ちはどうしても消えてくれなくて、放課後の部室で告白を練習してみたり、成功した後のデートなんかを勝手に妄想したりはしていた。

妄想《もうそう》だけはたくましいくせに、現実では傷つくのが怖くて自分からはなんのアクションも起こせないという、実に情けない有様だったように思う。

とにかくそんな風に、大好きな先輩と一緒に過ごせる日々を尊く思いながらも、あと一歩踏み出せない自分に苛立ちと虚しさを感じるような日々を過ごしていたわけだが——今から一月前。

五月の、とある平日の放課後。

俺と彼女の関係性を決定的に変えてしまう、劇的な出来事があった。

——きみって私のこと好きなんでしょ？

どうやら……巧妙《こうみょう》に隠していたと思っていた俺の好意は、彼女には筒抜けであったらしい。

こちらの好意がバレバレだったことがわかってしまった瞬間、俺は死にたくなるような恥辱《ちじょく》に襲われたが――


――とりあえずお試しで付き合ってみる？


その後の予想だにしない展開のおかげで、どうにか死なずに今を生きている。

お試し交際。

なんだかよくわからないけれど、白森先輩の提案に乗る形で、俺達はお試しで付き合うことになってしまった。


いや。

提案に乗るなんて表現にはだいぶ語弊《ごへい》がある。

そんな格好いいもんじゃない。

そんな対等みたいな関係じゃない。


――お、お、おお願いします。俺と……っ、付き合ってください。お試しでもいいから、先輩と……っ、付き合いたいです。

……思い出しただけでも死にたくなる。

好意を見抜かれ、やや上から目線にお試し交際を提案され、その提案に縋《すが》るように乗ってしまう。

……ダセえ。

情けないにもほどがあんだろ。

ともあれ。

そんな圧倒的な敗北感から、俺達のお試し交際は始まった。

正直な話――未だによくわからない。

全体的に現実感がなく、一月経った今でも地に足がついてない感じがある。

夢じゃないかと心配になってしまう。

あんな綺麗な人が、俺の彼女だなんて――

「そろそろ付き合って一ヵ月だっけか、総吉と白森先輩」

まだウインク攻撃のダメージが回復しきってない俺をよそに、対面に座った刻也がどういうこともなさそうに言う。

しかしそれは、どういうこともなさそうに言ってはいけないことだった。

「お、おいっ……バカお前、あんまりデカい声で言うなって」

「あん？」

「だから、その……お、俺と……あの人が、付き合ってるとか……」

後半はだいぶ小声。

周囲を窺《うかが》いつつ口元に手を当てて、こっそりと伝えた。

「ああ、そういや周りには隠してるんだっけか？」

「……一応な」

「面倒くせえな。堂々としてりゃいいだろ」

「それは俺らの勝手だ」

協議の末、俺達の交際は周囲には隠しておく決まりとなっている。

俺の方は刻也にだけ伝えてしまったが、白森先輩の方はまだ誰にも伝えていないらしい。

「まあ気持ちはわかるけどな。あの有名人が誰かと付き合ったってだけで騒ぎにゃなるだろうし……ましてその相手がお前みたいな奴じゃな。どんな噂立てられるかわかったもんじゃねえ」

「……わかってるなら、もっと注意を払ってくれ」

隠しておきたい理由はいろいろあるけれど――基本的には今刻也が言ったような理由からだ。

とりあえず悪目立ちしたくない。

俺みたいな冴《さ》えない陰キャと学園のアイドルが付き合ったら、他の生徒達からどんな顰蹙《ひんしゅく》を買うかわかったもんじゃない。

好奇の目に晒《さら》されるのはゴメンだ。

まあ白森先輩の方はそこまで事態を重く見てはおらず、「どうせいずれバレるだろうから、今は秘密の関係を楽しみたい」なんてかわいいことを言ってたけれど。

「わかったけど、俺らはそこまで警戒する必要もねえだろ。向こう発信ならともかく、俺やお前からバレることはまずねえよ」

「なんでだよ？」

「仮にお前の口から直接『実はあの人と付き合ってる』と言われたところで……たぶん誰も信じねえだろうからな」

「…………」

だいぶ失礼なことを言われた気がしたが、なにも言い返せなかった。

た、確かになあ……。

別に頑張《がんば》って隠さなくても、バレないかもなあ。

俺がどれだけ懇切丁寧に『白森霞と付き合うことになりました』と説明したところで、誰も信じてくれなさそう。『あっ、昨日見た夢の話？』と思われそう。

期せずして完璧な機密保持が可能というわけか。

ははは……己の秘匿《ひとく》能力の高さに涙が出てきそうだぜ。

そうこうしていると、

「――おい、そこじゃなくてこっちにしようぜ」

料理を抱えた右京先輩が、少し声を張り上げた。

他の二人は受け渡し口近くの席に腰掛けようとしていたが、右京先輩の方は少し歩いたところの席まで移動していた。

「えー？　なんでそっち？　どこでもいいじゃん、席なんて」

「どこでもいいなら、こっちでもいいだろ」

「ぶー。相変わらず杏にゃんは強引なんだからー。そもそも今日だって、私は学食に来る気なかったのに強引に連れてきたし……」

「まあまあ」

ぶつぶつと文句を言う左近先輩と、彼女の頭を撫《な》でながら宥《なだ》める白森先輩。二人は結局右京先輩の近くに腰掛ける。

彼女達三人が座ったのは、俺と刻也が座っている席から結構近かった。

「……ん？」

そこでふと、俺は気づく。

いち早く席についた右京先輩が――チラチラとこっちを見てることに。

うわ、やべえ。

俺がさっきから様子を窺ってるの、バレたか？

キモいって思われてしまったか……？

陰キャが陰キャらしく遠くから女を眺めてんなあ、って哀れまれたのか？

ギャルが陰キャに優しいのは、やっぱりフィクションの世界だけだったのか……!?

そんな風に被害妄想を爆発させてしまうが、どうやら違うっぽい。

こちらに向けられた視線には苛立ちや嘲弄《ちょうろう》の意図はなく――むしろ真逆。

何食わぬ風を装いながらもどこか緊張が滲《にじ》むような表情で、右京先輩はこっちの様子を窺っていた。

いや。

こっちというか……見ているのは俺じゃないのか？

そもそも『向こうがこっちを見てる』ことに俺が気づいている――つまり俺が向こうを見ているにもかかわらず視線が合ってない時点で、彼女が見ているのは俺ではない。

俺じゃなくて――

「……なあ、刻也」

小声で告げる。

「右京先輩……なんかお前のこと見てないか？」

「ん？」

刻也は不思議そうな顔をした後、首を回して右京先輩の方を一瞬だけ見やる。

すると、

「……っ」

右京先輩は慌てた様子で目を逸らした。

「どうしたの、杏にゃん？」

「な、なんでもねえよっ」

左近先輩からの問いに、わかりやすく動揺した素振りを見せる。

明らかになにかある風だった。

「あー……」

刻也は面倒臭そうな声を上げて、ポリポリと頭を掻《か》いた後、

「なんでもねえよ」

と言った。

こちらもまた、明らかになにかある風な反応だった。

ふーむ。

これはいったいどういうことだ？

そういえば右京先輩はさっき、他の二人に無理を言ってまであそこの席に座っていたような気もするけど、まさか目的は――

「……ん」

あれこれと考え込んでいたところで、ポケットの中のスマホが震えた。

見れば、白森先輩からのラインだった。

『やっほー。今日は近くでご飯だね』

という軽いジャブみたいなメッセージ。

俺もまた、軽く返す。

『今日は学食なんですね』

『うん、なんか杏に誘われて』

白森先輩の昼食は、基本的には弁当。毎日きちんと自分で作っているらしい。たまに忘れたときに学食で食べたりもするけど……ふむ。

そんな彼女が誘ったということは、右京先輩は昨日のうちから誘っていたということか。ますます怪しいというか、なにかありそうというか。

一人考え込む俺をよそに、

『そういえばさ』

白森先輩は話を変える。

思いっきり変える。

『さっきの私のウインク、ちゃんと届いた？』

「……っ」

動揺するも、ある程度予想はしていたのでそこまでじゃない。まあね。ライン来た時点で絶対そこに触れてくると思ってたよ。

『さあ？　ウインクなんかしてましたか？』

『嘘嘘。ちゃんと見てたから誤魔化《ごまか》してもダメだよ。

黒矢くんがすごく狼狽《うろた》えてたとこ、バッチリ見ちゃった』

ちゃんと見てたのかよ。

バッチリ見ちゃったのかよ。

だったら『届いた？』とか聞かないでくれ……。

『まあ見えたような気もしますけど、よくわかりません。ウインクなんて、ただの瞬きの一種ですから。そんなものが見えたところで記憶にすら残りませんよ』

『へえ……そうなんだ』

そこで一旦、メッセージが止まる。

なんだか嫌な間があった後――まるでなにか悪巧みをするような間があった後、とんでもない文面が送られてきた。

『じゃあ黒矢くんもやってよ、ウインク』

は？

……はあ？

『なんで俺が？』

『ウインクなんてただの瞬きなんでしょ？　だったらやってくれてもいいじゃん』

『……男のウインクなんて気持ち悪いだけでしょ』

『ふぅん。そっか。残念』

意外というべきか、白森先輩はあっさりと引いた。おかしいな。先輩のことだから、てっきりゴリゴリ無理強《じ》いしてくると思ったのに。

『ロマンチックだと思ったんだけどね。こういう場所で、こっそり二人がウインクし合ったら』

どこか寂しそうな文面が送られてきて、切ない気持ちにさせられる。なにも悪いことはしてないはずなのに、なんだかすごく申し訳なくなってしまう。

もしやあのウインクは、単なるからかいではなく先輩なりの愛情表現だったのだろうか？　衆人環視《しゅうじんかんし》の中、秘密の恋人と、二人だけにわかるような合図を送り合う――そういうロマンチックさを期待してのことだったのだろうか。

それなのに俺は、受け取るだけ受け取ってなにも返さないつもりなのか？

そんな不義理でいいのか？

……まあ。

もしかしたら俺がこう考えることを予測して先輩はあえて一歩引いてみせるような文面を送ってきたのかもしれないけれど——でも、それでもいい。

騙《だま》されていようが騙されてなかろうが、たかだかウインク一つでグダグダ悩んでいる方がみっともない。

やれやれ。

結局これも、惚れた弱みってやつなんだろうか。

俺は静かに覚悟を決め、ゆるりと顔を上げる。

白森先輩の方を向くと——偶然なのか必然なのか、彼女も俺の方を見ていた。

なにかを期待するような目で俺を見ている。

そんな目を向けられてしまえば、俺の取る行動は一つしかなかった。

奥歯を噛《か》みしめて恥ずかしさを押し殺し、そして気合いを入れてクワッと目を見開いてから——

パチン、と。

片目を閉じ、ウインクを決めた。

次の瞬間——

「……ぶふうっ！」

先輩は噴《ふ》き出した。

盛大に、思いっきり、噴き出した。

そのままゲホゲホと噎《む》せてしまい、右京先輩と左近先輩に心配される。

「ふはっ！　な、なにやってんだよ、総吉。ふははっ」

対面に座っていた刻也も、柄《がら》にもなく大口を開けて笑う。

「ははは っ。お、お前……急に変顔すんなよ、なんだその、潰《つぶ》れたセミみたいな顔？」

「…………」

俺のウインクは、事情を知らぬ者には変顔と認定されたようだった。

それでいて、潰れたセミのようらしかった。


放課後——

「ぷぷっ……あははっ」

二人きりの、いつもの元文芸部の部室。

対面に座った白森先輩は、未だにウインクの衝撃を引きずっていた。頑張って堪《こら》えようとはしているようだけど、それでも堪えきれずに笑ってしまっている。

「あははっ……ふっ、ふふふ。あー、おかしい」

「……笑いすぎですよ」

「ふふっ……だって、これはしょうがないよ……今思い出しても笑っちゃう。不意打ちにもほどがあったから……」

心底楽しげに言う白森先輩。

「黒矢くん、ウインクできない人だったんだね」

「いや、できてたでしょう？」

「いやいや、できてなかったって。全然できてなかった」

「……そりゃウインクなんて普段やりませんから、上手にはできなかったかもしれませんけど、形にはなってたでしょ？」

「違う違う、もうそういう次元じゃないの」

呆れ口調で言いつつ、白森先輩は自分の鞄《かばん》から手鏡を取り出した。

「はい。自分で確認してみてよ」

「…………」

俺は渋々《しぶしぶ》鏡を受け取る。やれやれ、まったく白森先輩も大げさなもんだな。人の表情を大笑いしてくれちゃって……失礼な話だぜ。別に上手くできたと思っちゃいないけど、そんな笑うほど変ってこともないだろう。

手鏡を開き、顔を正面に置く。

そして昼休みと同じように――奥歯を噛みしめ、クワッと目を見開いてから、バチコン、とウインクを決めた。

その結果――

「……う、うわあっ」

自分で自分の顔に驚愕《きょうがく》し、のけぞってしまった。

え、えええ？

ちょっと待って。

なんだ、今の……⁉

潰れたセミみたいなもんが鏡に映ったんだけど……？

より具体的に解説するなら……顔面が面白《おもしろ》いぐらい左右非対称に歪《ゆが》んでいて、そして若干《じゃっかん》白目を剝《む》いている。口は閉じているのに唇《くちびる》だけが開き……なんつーか、アレだ。

『スラムダンク』山王《さんのう》戦で開幕アリウープのサインを出した宮城《みやぎ》みたいな口になっている。

『いっ』って口。

「あははははっ……ダメっ、ほんとダメ、その顔、ツボすぎる……！」

驚愕と絶望を味わう俺に対し、白森先輩は声を上げて笑っていた。

「そもそもさ、なんで歯を食いしばってるの？」

「そ、それは……気合いを入れるために」

「い、意味わかんない……じゃ、じゃあ、最初に一回、クワって目を見開くのは……？」

「……お、己の羞恥心《しゅうち》を押し殺すために」

「だから意味わかんないって……ふふっ、あははっ」

抱腹絶倒《ほうふくぜっとう》、というのか。

腹を抱えて笑う白森先輩だった。

俺の方も、ようやく恥ずかしさがこみ上げてくる。ちょっと待って。俺って……ウインクこんなに下手だったの？

「はぁー、なんかびっくりだなあ。からかうつもりでウインク求めただけだったのに、黒矢くんの新たな一面を発見しちゃった」

大笑いがようやく収まったかと思えば、今度はニヤニヤとこっちを見つめる。

いつものからかい顔だ。

「まさか黒矢くんが、こんな面白い一発芸を隠してたなんて」

「……一発芸って」

酷《ひど》い言われようだった。

こっちは真面目《まじめ》にやってるというのに。

「ふん。別にいいんですよ、ウインクなんかできなくても死にはしませんし」

「拗《す》ねないでよ、もう。ごめんね、笑っちゃって」

今更のように軽く謝る白森先輩だった。

「でもさ、なんでできないんだろうね？」

不思議そうに言いながら、パチン、パチン、とウインクをする白森先輩。

くそぉっ。かわいいな、ほんと。

「こんなの簡単じゃん」

「……天才はいつもそう言うんですよ。『こんなの簡単じゃん』って。その無自覚な発言が持たざる者をどれだけ傷つけることか……」

「大げさな」

まあ、確かに大げさだった。

別に傷ついてもない。

正直、ウインクができてもできなくても、どうでもいいわ。

「いいんですよ、別に。ウインクなんてもう、一生やりませんから」

頑張ってポジティブに考えよう。

むしろ今日、自覚がなかった欠点を自覚できてよかった。

今日自覚できなければ、もっと恥ずかしいタイミングで醜態《しゅうたい》を晒していたかもしれないのだから。

「まあまあ、そんなこと言わないでさ。せっかくだし、ちょっと練習してみたら」

「練習……？」

「うん、黒矢くんが普通にウインクできるように」

「……さっきも言いましたけど、できなくても人生で困らないので」

「うーん、どうしてできないのかなあ？」

聞いちゃいねえ。

どうやらこれは、付き合わなければならない流れらしい。

「表情筋の問題なのかな？」

「かもしれないですね。俺みたいな奴って、表情筋がゴリゴリに固まってますから」

適当に自分なりの考察を口にする。

「芸能人とかアイドルとかアナウンサーとか……そういう人前に出る職業の人って、普段から口角上げて表情筋を鍛えてるって言いますからね。だから笑顔がデフォルトになってて、自然で柔らかい笑顔を浮かべて、相手に好印象を与えることができる」

顔は生まれつきのものだけれど――しかし『顔立ち』は後天的な努力で意外とどうにかなる。

普段から口角を上げる練習をして表情筋を鍛えておくことで、他者に好印象を与える顔立ちを作ることは可能だ。

「人の印象は第一印象で九割決まるっていいますし、感じのいい笑顔を常に浮かべられるようにしておくことって、人間関係ですごく大事なことなんですよ。まあ意識して鍛えなくても、性格が明るくて普段からよく笑う人は、自然と表情筋が鍛えられるんですけど」

「…………」

「え……な、なんですか？」

「いや、なんていうか」

白森先輩は複雑そうな顔つきで言う。

「それだけわかってるのに、なんで実践する気はないんだろうなあ、と思って」

「……分析と実践はまた別次元の問題です。優れたアナリストが優れたアスリートになれるわけでもないので」

陰キャあるある。

自分なりのコミュニケーション理論みたいなものは、脳内でばっちり固まっている。

でも実践には移せないし、移す気もあまりない。

クラスの会話に聞き耳を立てて「ああ、俺ならここ、こういう風に反論して論破するな」「いやその話なら、先にオチを言わない方がよかっただろ」「バカ。そこは天丼してもう一笑い作る流れだろ」とか妄想しまくるけど、現実ではなにもしない。

一歩踏み出せたら世界が変わることはわかっているんだけど……世界を変えるような一歩が簡単に踏み出せたら誰も苦労しないという話だ。

「つまりまとめると……陽キャは常に楽しく明るく生きているから、表情に笑顔が染みついていて他者に与える印象がよくなり、どんどん人の輪が増えていくという好循環。一方、俺のようなぼっち気味の陰キャは……普段からあまり人と会話しないせいで表情筋が死んでる。だから笑顔を浮かべるのが下手で、そのせいで他者に与える印象が悪くなり、さらに人間関係が希薄になっていくという、どうしようもない悪循環……」

「な、なんて悲しい結論……」

哀れむように呟《つぶや》いた後、

「まあでも、表情筋が原因なら改善できるかもね」

切り替えるように明るい声で言いつつ、両手で自分の頬を揉《も》む。

「ほら、こんな風に揉んでみたらどう？」

ぷにぷに、と。

頬で口角を上げてみせる。

やや変顔チックなのに、ムカつくぐらいかわいかった。

「こうやって愛情込めたマッサージをすれば、死んでる表情筋が蘇生してくれるんじゃない？」

「……いいですよ別に。こいつはもう、安らかに眠らせてやりましょう」

「もうっ。そうやってやる前から諦《あきら》めないの」

「ほっといてくださいよ、先輩には関係ないでしょ」

「関係あるよ」

だって、と先輩は続ける。

椅子から立ち上がり、俺の方へと歩いてきながら。

「私はもっと、黒矢くんのいろんな顔が見たいんだから」

意地の悪そうな微笑《びしょう》を浮かべつつ、俺の近くにあった椅子に座ると——

むに、と。

手を伸ばし、俺の頬に触れた。

「——っ」

驚愕の余り反射的に身を退《ひ》こうとするも、顔が動かない。

彼女はただ触れただけではなく、両手でしっかりと、俺の頬を包み込むようにしてきた。

「な、なにするんですか……?」

「んー? なにって、さっき言ったでしょ?」

愛情込めたマッサージ。

と。

目の前にある唇が蠱惑《こわく》的に動いてそんなワードを呟いた直後——頬に触れている指先が動き出す。

むにむにと、優しく揉み上げてくる。

「わー、黒矢くんのほっぺ、意外と柔らかいね」

「……っ」

おい、ちょっと待て。

なんだ、この状況は……⁉

揉んでる。白森先輩が俺の頬を揉んでいる。

こ、これは……なんていうか、かなり際どいことしてないか？

いくら俺達が付き合ってるとは言え、まだ一回ぐらいしか手を握ったことがないカップルだっていうのに……手の次が顔って。

かなりソーシャルな部分に踏み込んでいる気がする。

なにも悪いことはしてないはずなのに、なんだかヤバいことをしている気分。

つーか……シンプルに恥ずかしい！

「むにむに、むにーん」

羞恥と葛藤《かっとう》で頭がいっぱいっぱいとなる俺を無視して、白森先輩は俺の頬で遊んでいた。

「ひょ、ひょっとっ……やめへふはいっ」

「あははっ。なに言ってるかわかんなーい」

「ふ、ぬぅ……」

「ねえ、学級文庫って言ってみて」

「言いまへんっ」

「ふふふっ」

嗜虐《しぎゃく》的な笑みを浮かべるけれど、

「あっ。痛かったら言ってね、すぐやめるから」

と性根《しょうね》の優しい部分も滲み出てしまっているため、俺としては強く反論することもできず、ただ耐えることしかできない。

揉んだり伸ばしたり引《ひ》っ張《ぱ》ったり、俺の頬がオモチャとされる時間が数秒続いた後――

「……されるがままだね」

ぽそり、と白森先輩が言った。

「……へ？」

「反撃、してこないの？」

どこか不服そうな不思議な声。

改めて前を見つめると――彼女は少し照れたような顔で、それでいてなにかを期待するような目で俺を見ていた。

「反撃って……」

いつしか頬を抓《つね》ったり引っ張ったりする攻撃は止んでいたので、普通にしゃべることができた。

彼女はもう、ただ俺の頬に手を添えているだけ。

その体勢のまま、ジッとまっすぐ見つめてくる。

「ど、どうすれば……」

「それは自分で考えないと」

「……っ」

どうする？　どうすればいい？

反撃って……まさか、俺も同じことやれってことなのか？

白森先輩の顔を、触ったり抓ったり、むにむにしたり――

……む、無理っ。

絶対無理だ。

そんなことできるわけがない。

相手の顔に触れるって……手を繋《つな》ぐのとはわけが違う。相当距離感が近くて、心を許した相手にしか許されない行為――

「……あーあ。今日も黒矢くんの反撃はないのかなあ？」

どこか挑発めいた声に、頭がカッと熱くなる。

悔しいやら情けないやら、本当に複雑な気分だった。ここまで言われて反撃一つできない自分に、段々と腹が立ってくる。

改めて――白森先輩の顔を見つめる。

大きくて魅力的な目。長い睫毛《まつげ》。スッと通った鼻梁《びりょう》。艶《つや》めいた唇……なにもかもが美しくてかわいらしくて、神々《こうごう》しい芸術品のように思えた。

俺なんかが触れるのは恐れ多い。

そう思う反面——心のどこかで、触れたいという欲求も芽生《めば》えてしまう。

触れがたいほどに尊く綺麗な存在であるからこそ、この手で触れて我が物としたいと感じるような——

「い、いいんですね、反撃しても」

どうしても声は震えてしまう。

「どうなっても知りませんよ?」

「……うん、いいよ」

ほんの一瞬だけ驚いたように目を見開いた後、白森先輩は静かに微笑む。

「黒矢くんにだったら、なにされたって平気」

それは、どうせ俺みたいなヘタレは大したことはしてこないだろうと安心しきってるからこその言葉なのか、それとも、あるいは——

いずれにしても、その一言で俺の中のブレーキが一つ、壊れたような気がした。

ゆっくりと、手を伸ばす。

勇気と欲望を綯《な》い交《ま》ぜにしたような感情が、羞恥を上回って俺の体を突き動かしていた。

「……ん」

白森先輩は少し身を震わせたけど、逃げたりはしない。

俺の頬からも手を引き――そして、静かに目を閉じた。

完全に無防備な状態。

一切《いっさい》の抵抗を示さず、俺の反撃を待っている。

まるでその身の全てを、俺に委《ゆだ》ねているかのような。

ここでどれだけ積極的なことをしてしまっても、許してもらえそうな――

ごくっ、と唾《つば》を飲む。

心臓は信じられないぐらいに早鐘《はやがね》を打っていた。

俺の手は徐々に徐々に上昇していき、目を閉じた先輩の頬に触れ――ることはなく。

そのまま頬を通りすぎた後、頭頂部らへんで止まる。

そして、ぽんぽん、と頭を撫でた。

「……え？」

疑問と困惑の声。

白森先輩は目を開くけど……俺はもう目を逸らすことしかできなかった。

「今の、反撃？」

「………………」

「頭、ぽんぽん、って……」

「……もうマジで勘弁してください」

ここで謝罪してしまう俺は、つくづく恋愛敗者でしかなかった。

もう無理っ！

やっぱり無理！

どんだけ無防備を晒されてもなにもできないっ！

顔に触るのなんて無理だし……それ以上のことなんてもってのほか。

ブレーキが壊れたような気はしたけれど、どうやら俺のブレーキは予備が大量にあるらしく、一つ壊れたところで問題なく暴走を防いでくれた。

畜生……。

危機管理が完璧すぎんだろ。

尋常ならざる懊悩《おうのう》の果てに、俺がどうにか触れることができたのは……人体の一部でありながらも肌に触れてる感が極めて薄い、髪越しの頭部だった。

ああ、つくづく自分のヘタレっぷりが嫌になる。

こんな体《てい》たらくではまたどんな嫌みを言われるかわかったもんじゃない。そう思って項垂《うなだ》れていた俺だけれど、

「……ふぅん。そっか」

意外、というべきか。

白森先輩は特にからかってくることはなかった。それどころか俺が触れた頭の部分を自分で撫でるようにしながら、至福そうに微笑んでいた。

「ふふっ。反撃されちゃったなあ」

「…………」

あれ?

なんだか嬉しそう?

な、なんで……?

困惑する俺をよそに、白森先輩は一人楽しそうだった。


部活の時間が終わり、また今日も二人で一緒に部室を出る。

付き合ってからというもの、俺の自転車が停めてある駐輪場までは一緒にあるいていくのがいつもの流れとなっていた。

そこからどうするかは……まあ、その日のノリで決まる。

途中まで一緒に帰ったり、どこかに寄り道したり、などなど。

「今日みたいなマッサージを繰り返してけば、いつかはウインクできるようになるかもしれないね」

「……いや、もういいですよ。忘れましょう。ウインクのこともマッサージのことも全部忘れましょう」

靴を履き替えて駐輪場へと向かう途中。

さっきの黒歴史を早くも掘り返され、俺はげんなりとする。

白森先輩はくすくすと笑う。

「でもさ、黒矢くん、自分では表情筋死んでるとか言ってたけど……意外とそんなこともないよね」

「え……」

「だって私――この一年で、黒矢くんのいろんな顔を見てきたよ。むしろどっちかと言えば、表情豊かな方なんじゃないかな?」

「……っ」

な、なんか無性《むしよう》に恥ずかしい。別にクールキャラや無表情キャラを気取ってるわけじゃないんだけど、他人から『表情豊か』って言われるのはすげえ恥ずかしい。

「特にここ一ヵ月はすごい気がするなあ。付き合ってからの黒矢くんは、今まで見たこともないような照れ顔をたくさん見せてくれた気がする」

「ぐっ……それは、先輩だって同じでしょ」

言われっぱなしも癪《しゃく》だったので言い返す。

「お試し交際始まってから……今まで見たことないような顔、結構してる気がしますよ」

「ええ、そうかなあ？」

白森先輩は一度言葉を濁《にご》すも、

「んー……まあ、そうかも」

と頷《うなず》き、薄く微笑んだ。

「他の人には見せないような顔、黒矢くんには見せちゃってるかもなあ」

「……っ」

またドキッとするようなことを言ってきやがって……！

ああ、ダメだ。ちょっとやり返そうと思ったら数倍になって返ってくる。

まるで勝てる気がしねえ。

「ふふっ。楽しみだなあ」

敗北感に苛《さいな》まれる俺を見つめ、白森先輩は楽しげに笑う。

「残りの高校生活……もう一年もないけど、これからお互い、どんどん見たことない顔見せ合ってくんだろうね。なにせ私ら……彼氏彼女になっちゃったわけだから」

「……お試しですけどね」

「お試しでも、だよ」

そう言って得意げに笑う。

白森先輩は——三年生。

今年が、高校生活最後の一年となる。

一年前の春に出会い、同じ部活のメンバーとして一緒に過ごすことが多かった俺達は、高校生活における様々なイベントもすでに経験してきている。

夏休み、体育祭、文化祭、先輩の修学旅行、冬休み、クリスマス、バレンタイン……などなど、去年一年で様々な定例行事があった。

今年もまた、去年と同じように定期的な季節イベントを経験していくこととなるのだろう。

でも。

俺達の関係は、一ヵ月前に決定的に変化した。

ただの先輩後輩から、一歩進んだ関係へと。

関係性が変われば、同じイベントでもまるで違う意味を持つ。

そして、お互いが見せ合う顔も変わっていく。

これから起こるであろう様々なイベントに、どうしたって心躍らせずにはいられなかった。

お試しとは言え俺の彼女となってくれた白森霞が、これからどんな顔を見せてくれるのか、楽しみで楽しみで仕方がない。

第二章　浮気ダウト

浮気や不倫《ふりん》なんてのは、どこか違う世界の出来事だと思っていた。

ワイドショーなどでは定期的に芸能人の不倫騒動が取り上げられるけれど、そんなのを見ても『バカだなあ』と他人事のように思うだけだった。

言ってしまえば——高《たか》をくっていたんだと思う。

浮気なんて自分とは縁遠い世界の出来事だと思って、なんの対策も講じていなかった。

だって、思いもしなかった。

この俺が、まさか浮気について問い詰められるなんて——

「…………」

「…………」

痛々《いたいた》しいまでの沈黙が部室を満たしていた。

室内にいるのは俺《おれ》と先輩の二人。

しかし今日は、いつものように向かい合って椅子に座っているわけではない。

白森《しらもり》先輩はきちんと着座しているけれど——俺の方は、床に正座していた。

別に、強《し》いられたわけではない。

気がつけば自然と正座してしまったのだ。

彼女から発せられる凄《すさ》まじい不機嫌オーラを前にしては、とても椅子に座っていることなどできなかった。勝手に膝が折り畳《たた》まれて正座の体勢を取ってしまった。

「……はぁーあ」

重苦しい沈黙の果てに、白森先輩はこれ見よがしな溜息《ためいき》を吐《つ》いた。

「なんか……ショックだなあ。まさか黒矢《くろや》くんが、私に隠れてこんなことをしてたなんて」

「……っ」

失望七割、怒り三割といった眼差《まなざ》しで見下ろされ、胃が痛くなってくる。

いつもは比較的にこやかに笑っていることが多い白森先輩が、今は酷《ひど》く冷淡な表情となっていた。

その手に握られているのは——一台のスマートフォン。

彼女のもの、ではなく俺のスマホ。

画面には……なんというか、決定的なものが映っていた。

「これはもう——浮気だよね」

「なっ……ちょ、ちょっと待ってくださいっ！」

堪《たま》らず俺は反論する。

「浮気……とまでは言えなくないですか？　そのぐらいは、浮気のうちには入らないっていうか……」

「浮気する男はみんなそう言うんだよ」

「……っ」

「少なくとも、私に対する裏切り行為であるという自覚はあるんだよね？　だからこそ、必死に隠そうとしたわけでしょ？」

「それ、は……」

畳みかけられるような糾弾《きゅうだん》に、なにも言えなくなってしまう。

ああ……どうしてこんなことになってしまったんだ？

まさかこの俺が、陰キャの中の陰キャの俺が、恋人から浮気の嫌疑《けんぎ》をかけられるなんて

――


話は数十分ほど前に遡《さかのぼ》る。

まだ幸せだった頃の時間に、遡る。

「ねえねえ、黒矢くん」

対面に座った白森先輩が、いつもの笑顔で雑談のように問うてくる。

「黒矢くんはさ、浮気ってどこからが浮気だと思う?」

「浮気、ですか?」

「そうそう。前に少し話したでしょ?　ほら、デーティングの話したとき」

「あー……」

確かにそんな話はした。

俺達のお試し交際について白森先輩が、

『海外で言うところのデーティング期間みたいなものだよ』

的な説明してきて、そこで俺が、

『ちょっと待ってください。デーティング期間ってことは……同時に複数人の相手と付き合うのもアリってことですか?』

と焦りまくったんだっけ。

その後の流れは……俺が盛大に墓穴を掘って恥ずかしい思いをしたので、あまり思い出したくない。

「私達はお試し交際だけど浮気はなし、って決まったけどさ……そもそも浮気ってどっからが浮気なのかなあ、って思って。こういうのって、人によって全然違うでしょ?」

「……そうですね」

浮気の定義・基準。

それは——人それぞれ違うものだろう。

法律の話をするなら、不倫か否かは肉体関係の有無《うむ》で決まるらしい。

どんなに心から愛し合っていても肉体関係がなければ不倫ではなく、逆に遊び相手としか思っていなくても肉体関係があれば不倫。

しかしまあ、これは既婚者の話だ。

結婚も婚約もしていないカップルの場合は——法律で浮気や不貞《ふてい》行為を禁じられているわけではない。

だからこそ、各々の基準が極めて重要となってくる。

「杏《あん》もさ、前の彼氏とそれで別れちゃったんだよね。浮気というか、浮気以前の問題で」

美少女四天王の一角——右京《うきょう》杏。

へえ。あの人、彼氏とかいたんだ。

「元カレさんは彼女いても普通に合コンとか行く人で……向こうは『合コンは浮気じゃない』という主張だったんだけど、杏は『隠れて合コンは行くのは浮気』という主張で譲らなくて、そのまま喧嘩《けんか》別れ」

ふーむ。なるほど。

まあ、双方の言い分が理解できるような、陰キャにはよくわからないような。

「黒矢くんはどう思う?」

「俺はまあ……どっちかと言えば右京先輩寄りですね」

別に、先輩の友達だから擁護《ようご》しようと思ったわけではない。

素直な本音だった。

「隠れて合コン行くのはアウトでしょう」

「へえ。じゃあ黒矢くんは合コンとか誘われても、彼女がいたら行かないんだ」

「……まず誘われないと思いますし、彼女がいなかったところで行きたくもないです」

不特定多数の女子と話すって……なんだよ、それ？

もはや罰ゲームだろ。

合コンじゃなくて拷問《ごうもん》の間違いだろ？

別にそういうのが好きな人を否定するつもりはさらさらないけれど……俺には無理だ。そんな場に行ってもどうせロクに馴染めない。そのくせクールキャラを貫き通すような気概もないから、変に媚《こ》びへつらった態度を取って、懸命にトークするんだけど思い切りスベって、そして家帰ってから激しく後悔して死にたくなるまでがワンセット。

結果なんて全部目に見えてる。

合コンみたいなイベントは、金がもらえるとしても行きたくないし、金払ってでも回避したい。

「ていうか……合コンどうこうじゃなくて『隠れて』ってところが問題だと思いますよ」

俺は言う。

「合コンに限らず、内緒で連絡取り合ってたり、隠れて二人で出かけたり……そういうのは全体的にアウトだと思います。隠れてやってるって時点で後ろめたいことがあるってことだと思いますし」

「なるほどねー」

「そもそも……『どこからが浮気』とか『どこまでなら許される』とか、そういうこと考えてる時点で不誠実でしょう。合コンにしたってそう。合コンが世間的に許されるか許されないかじゃなくて、大事なのは彼女がどう思うかじゃないですか」

恋人ができたなら、パートナーができたなら、浮気か否かは相手の基準に合わせるべきだと思う。

相手を傷つけるような真似は避けるべきだし、不安になるような真似も避けたい。ほんの少しでも浮気と勘違いされるような行為は、徹底して避けるべきだと思う。

「彼女が嫌がることは、しないのが彼氏でしょう」

「…………」

「恋愛観は人それぞれですし、恋人できたら異性の友達とは距離を置けって強制するのも、男女間の友情全否定してるみたいになっちゃうから難しいんですけど……ただ俺は、個人的にはそういう彼氏でありたいです」

他人様の恋愛に偉そうに口出しするつもりはない。

俺にはそんな資格も余裕もない。

あくまで俺自身が、彼氏としてどうありたいか、というだけの話だ。

「…………」

白森先輩は黙って俺の話を聞いている。

あ、あれ……？　なんでなにも言い返してこないんだろう？

もしかして――滑った？

ドン引きされてる？　一人で熱弁しすぎちゃった？

『うわ、こいつ自分に酔ってるなあ』とか思われちゃった……⁉

発言全てをなかったことにしたくなるが、しかしやがて白森先輩は、

「……いい彼氏だねえ、黒矢くんは」

と口を開いた。

至福そうな笑顔を浮かべて。

「黒矢くんの彼女になる人は、幸せだろうなあ。すっごく一途に愛されちゃって」

「……どういう意味ですか？」

「んー、いろんな意味」

にんまりと笑って言う。

そんな顔を向けられてしまえば、俺は顔を逸らすことしかできない。

「……別に大したことじゃないですよ。俺がただ非モテでぼっちなだけです。浮気なんて、仮にやろうと思ってもできる気しませんから」

マジでできる気がしない。

まず彼女以外の女子の知り合いが皆無。スマホに入ってる女の連絡先は、家族以外は先輩一人。この状況でどう浮気しろというのか？

女性に対して誇れるスペックなんてほとんどない俺だけれど、『浮気しない』という一点に関しては自信満々に誇れる気がする。する気もないし、寄ってくる女性もいない。万が一、億が一、死ぬほど浮気したくなったところで、物理的にできる気がしない。

もしも。

もしも俺がイケメンの陽キャにでも生まれてたら、そのときは浮気の誘惑に屈することもあったのかもしれない。自分から進んで動かずとも……女友達もたくさんいるようなリア充だったなら、彼女がいても好意を寄せてくる女性も現れて、その好意を無碍《むげ》にすることができずなし崩しの関係となり……結果的に彼女と浮気相手、双方を傷つけてしまっていたかもしれない。

あー、イケメンに生まれなくてよかった。

女子人気がさっぱりない陰キャ男子でよかった。

ハーレムラブコメの主人公みたいにモテなくてよかった。

不用意に誰かを傷つけてしまわなくて、本当によかった。

……なんか言ってて悲しくなってきた。ポジティブ思考なんだかネガティブ思考なのかわからなくなってきたぜ。

「ふーん。どうかなあ？」

俺の『浮気なんかやりたくてもできない』論に、しかし白森先輩は懐疑《かいぎ》的な態度を示してきた。

「黒矢くんはいつもそんな感じで自己評価低いけどさ……実は意外とモテそうだと思うんだよね。今は女子との付き合い自体がほとんどないだけで……なにかきっかけでもあればすぐモテ始めそう」

「……え？　いやいや、なに言ってるんですか」

お世辞《せじ》にしても無理がある。

この俺が、モテるだと？

複数の女性から好意を寄せられるだと？

そんなことは――天地がひっくり返ってもあり得ない。

白森先輩一人から好意を寄せられている時点で、残りの寿命半分にしてもいいぐらいの幸運だというのに。

「ありえませんよ、俺がモテるなんて」

「とか言って、実はもうモテてたりして。私の知らないところで美少女とフラグ立ててたりして」

「……だったらどうぞ、チェックでもしてみてくださいよ」

溜息交じりに言いつつ、俺は自分のスマホを取り出した。ラインの画面を表示させてからテーブルに置く。

「え……い、いいよ、そんなの。個人情報でしょ」

驚いた様子で遠慮《えんりょ》を口にする先輩。

やはり本気で疑っていたわけではなく、からかっていただけらしい。

「私、彼氏のスマホを勝手に見るような彼女にだけはなりたくないって思って生きてきたから」

「それはとても立派な心がけだと思いますけど、今は俺がいいって言ってるんだからいいんですよ」

「でも……」

「疑われっぱなしじゃこっちも納得いかないんで」

「……そこまで言うなら」

つい意地になってスマホを差し出すと、白森先輩は遠慮がちに手に取った。

画面をタップし、俺のメッセージアプリの履歴を確認すると、

「……うわ」

若干引いたような顔となった。

「なんていうか……す、少ないね。登録人数も、やり取りも」

「ふっ」

「てか……ほぼ私としかラインしてないんじゃん……。他には、刻也《ときや》くんとお母さんがたまにあるだけで……」

「まあ、こんなもんですよ」

「なんでやや誇《ほこ》らしげ……？」

「これでわかったでしょう？　この俺が、浮気なんてやりたくてもできない、典型的非モテ男子だということが」

つい得意げに言ってしまうけれど……冷静に考えるとあまり得意になる話ではないのかもしれなかった。

なんで非モテを誇ってるんだ、俺は？

まあいい。冷静になると悲しくなってくるし、変なテンションでいこう。

「異性の連絡先以前に同性の連絡先すらほとんど知らない。こんな男が、どうして浮気などできようか。いや、できるはずもない」

「反語法で悲しい自慢しなくていいから……。あー、もうわかったわかった。私が悪かったよ。疑ってごめんね」

軽く肩をすくめつつ、先輩は俺にスマホを返そうとしてくる。

その際——おそらくは反射の行動なのだろう、ラインの画面を閉じてホーム画面に戻そうと指を動かす。

しかし彼女と俺ではスマホの機種が違うため、操作を誤《あやま》ってしまう。

「あっ、ごめん、なんか変なとこ押しちゃった——え？」

「…………んあぅっ！」

喉奥《のどおく》から変な声が飛び出た。

先輩がうっかり操作を間違え、タップして表示してしまったアプリ。

そこには——絶対に彼女に見られてはならないものが映っていた。


回想終了。

時は現在に戻る。

浮気を詰《なじ》られ正座するという、悲しい修羅場《しゅらば》の時間に戻る。

……戻りたくなかった。切実に戻りたくなかった。

「ほんとにびっくりしたなあ。まあうっかり操作間違えちゃった私も悪いんだけどさ、相手の許可なくこういうの見ちゃうのはマナー違反なのかもしれないけどさ……でも見ちゃったら苦言を呈《てい》すしかないよね」

白森先輩は演技過剰なぐらい失望を露《あら》わにしていた。

スマホの画面に映るものを、俺に見せつけるようにしてくる。

「まさか黒矢くんが——こんなエッチな本を読んでるなんて」

「……っ」

画面に映っているのは——俺が買った電子書籍の表紙だった。

アニメ調のイラストでグラマラスな美女が描かれている。その美女は極めて扇情《せんじよう》的な表情とポーズで、胸の谷間もかなり見えてて……まあ、なんというか、一発でそっち系の本だとわかる表紙だった。

うわあ……やっちまった！

エッチな本が彼女に見つかってしまった！

前時代の漫画やアニメでよくあるような、彼女が部屋に来て発掘されるパターンではなく……まさかスマホから発掘されてしまうとは。

人はインターネットや電子機器の発展により、スマホ一つあれば無数の書籍をいつでも自在に読むことができるようになったわけだが……そんな技術革新の功罪として、彼女にエロ本が見つかる危険性も増大してしまったらしい。

うわあ。

うわぁあああああ……！　し、しまったぁあああ……！

昨日の夜に読んだ後、そのままホーム画面に戻してそれっきりだった。そのせいで白森先輩が電子書籍アプリのアイコンをタップしたとき、最後に読んだ本が表示されてしまった。

その作品タイトルは――

『ちょっぴりエッチな人妻は好きですか？
～紀子《のりこ》さんの筆下ろしレッスン～』

……どうして俺の奥歯には自決用の毒薬が仕込まれていないんだろうなぁ。

「はぁーあ。これはもう完璧だよね。完璧な浮気の証拠だよ。彼女がいるのにこんな変態的な書物を読んじゃうなんて……浮気以外のなにものでもない」

「ま、待ってください！」

軽蔑《けいべつ》の眼差しを向けられて心がへし折れそうな俺だったけれど、それでも最後のなにか――男の尊厳《そんげん》的ななにかに突き動かされて声を絞り出す。

「いやその……み、認めますよ？　エッチな本を持ってたことは認めます。電子書籍の場合『友達のもの』という王道パターンの誤魔化《ごまか》しが使えないので……素直に男らしく認めます。これは俺が、自分の意思で購読した本だと」

「別に男らしくはないと思うけど」

「でもっ」

俺は言う。

「こういうのは……浮気ではないでしょう⁉」

世の中全ての男達の気持ちを代弁するような気持ちで、声を発した。

エッチな書籍とか、エッチな映像媒体とか。

一定の年齢を超えた男ならば、大多数が隠れて保有していることだろう。

それはなにも、奥さんや彼女のいない男性に限った話ではないと思う。

パートナーがいたって、そういうものは持っている男が多いはずだ。

なぜなら――俺達は男だから！

「この手のものを所持してただけで浮気認定されるのは、さすがになんか違うっていうか……。

これを浮気とか言われ出したら、全世界の男が黙っちゃいないというか……」

「えー、だってさー……彼女がいるのに彼女以外の女性で……その、なんていうか、変な気分になってるわけでしょ？　だったらそれは……浮気じゃないの？」

「だ、だから、えっと……こういうのはあくまでフィクションでファンタジーな世界で妄想《もうそう》してるだけであって、現実でどうこうって話じゃないので……」

「フィクションって言ってもさ、逆に黒矢くんはどう思うの？」

「え？」

「もしも私が、たとえば……黒矢くんじゃない男の人の裸の写真とか持ってて……それで、その男の人との情事を隠れて妄想していたとしたら、どう思う？」

「……っ。そ、それは……」

い……嫌だなあ。

すっごく嫌だなあ。

めちゃめちゃモヤモヤして、ザワザワする。

胃が凄まじくキリキリする。

白森先輩が俺以外の男との情事を妄想している……うわあ、嫌だよぉ。

現実じゃないとわかっていても、なんか軽く寝取られた気分だ。

の、脳が破壊される……！

「ほら、自分がされて嫌なら、そんなことやっちゃダメでしょ？」

「で、でも……」

「さっき言ってたよね？　大事なのは彼女がどう思うか、なんじゃないの？」

「ぐっ……」

「黒矢くんは、彼女が嫌がることはしない彼氏でありたいんじゃなかったっけ？」

「……う、うぐぅ」

き、綺麗事が……さっき自分で言った綺麗事が全部自分に返ってきた。

自己陶酔《とうすい》気味に語っていた理想論が俺の首を絞めてくる。

畜生《ちくしょう》っ……！

なんでそんな格好《かっこう》いいこと言ってんだよ、さっきの俺！

俺自身の言葉を盾にされてしまえば、もはやこの議論に勝ち目はない……！

「ふ……ぐっ……ぬぅう……」

もはや俺に反論の余地はない。ここはスマホ内部に存在する全てのいかがわしいデータを削除し、土下座《どげざ》で謝罪して許しを乞《こ》おう。

そんな風に苦渋《くじゅう》の決断を済ませた瞬間――

「……ぷっ、あはっ」

白森先輩は噴《ふ》き出すように笑った。

「あはは。ごめんごめん。もう、黒矢くんってば、そんな困った顔しなくても大丈夫だよ？私、こんなのが浮気だなんて思ってないから」

「……へ？」

顔を上げ、まじまじと相手の顔を見つめる。

これまで浮かべていた軽蔑の表情が一転、いつものからかい顔となっていた。

「さすがにエッチな本読んでるぐらいじゃ怒らないって」

「…………」

「よくわかんないけどさ……年頃の男の子って、みんなこういうの持ってるものなんでしょ？」

「えっと……そりゃ、まあ、たぶん、はい……」

「彼女や好きな人とは、なんていうか別腹で……恋愛感情とかじゃなくて、単なる性欲の対象として楽しんでるだけなんだよね？」

「……はい」

「だったらこの程度のことでいちいち目くじら立てたりしないよ。私、そんな器の小さな彼女じゃないから」

呆《あき》れた苦笑を浮かべる白森先輩。

先ほどまでとは打って変わって、男の生態について凄まじく理解があることを言ってくれる。

理解がありすぎて怖いぐらいだ。

なんだこの人は？

あらゆる男子にとって理想の彼女なのか？

「……じゃあ、さっきまでのは？」

「んー？　それはまあ、ちょっとぐらいはイジメたくもなるよね？」

心底おかしそうに笑う。

「浮気に関してあんなに格好いいこと言ってたのに、その直後に墓穴掘ってエッチな本見つかっちゃってるんだから。からかわずにはいられないって」

「……っ」

体中から力が抜けていくようだった。

どうやらまた、いつものようにからかわれただけだったらしい。悔しい気持ちもあるけど、正直安堵《あんど》の方が大きい。よかったぁ。白森先輩に失望されてなくてよかったぁ……そして、全データ削除せずに済んで本当によかったぁ。

すっかり安心した俺は、正座をやめて立ち上がるが――しかし。

俺の地獄はまだまだ終わっていなかった。

「……ふーん、なるほどねー」

あろうことか白森先輩は――スマホをスワイプして電子書籍を読み始めていた。

俺の――『ちょっぴりエッチな人妻は好きですか?』を。

「うわー、結構過激なイラストがあるんだねー」

「ちょっ⁉　な、なんで読んでるんですか⁉」

「なんか気になっちゃって」

「ダメですよ、返してください！」

「えー?　いいじゃない、ちょっとぐらい」

慌てて手を伸ばす俺だったけれど、白森先輩はひらりと躱《かわ》す。

「ていうかこれ……表紙で漫画かと思ってたけど、小説なんだね。中に何枚か挿絵が入ってて、ライトノベルみたい」

その作品は——いわゆるエロラノベだった。

一般的なライトノベルと同じく、小説とイラストで成り立つ媒体《ばいたい》だが……直接的な性交シーンや性的なイラストがあるのが特徴。

最近では、一般レーベルで活躍しているラノベ作家の人も、普通にそっち系のレーベルから本を出していたりする。

「こういうのも小説で楽しんでるなんて、なんか黒矢くんらしいなあ」

「……ほっといてください」

「へぇー……うわ、すごっ。このヒロインの人妻、Jカップだってさ。いくらなんでも大きすぎない？」

「……フィ、フィクションなら別にいいんじゃないでしょうか？」

「人妻のヒロインが干してた下着を盗まれて困ってたら、犯人が昔からよく知ってる近所の男の子で……えー？　主人公、下着泥棒してるじゃん。ヒロインは普通に許しちゃってるけど、これ、犯罪だよね？」

「……そ、その辺もまあ、フィクションですから」

いや待って。

ちょっと待って。

これ、なんの時間？

彼女にエッチな本を見つかった挙げ句、目の前でそれをじっくり読まれるって……いったいなんの羞恥《しゅうち》プレイなんだよ？

「……ほんとおっぱい大きいなあ、この人妻さん」

懊悩《おうのう》する俺を無視して、白森先輩はエロラノベをじっくり読んでいた。

「私も小さくはないと思うんだけど、さすがにJカップには敵《かな》わないなあ」

視線を自分の胸元に落とし、独《ひと》り言《ごと》のように言う白森先輩。

夏服の薄い布地を押し上げる、主張の強い膨《ふく》らみ。

Jカップはないらしいが……それでも十分すぎるぐらいに大きい。

彼女の視線を追いかけた結果、吸い寄せられるように胸元を見つめてしまうが――やはりそれは罠《わな》だった。

彼女はわざとらしく胸元を隠す仕草をし、

「えっち」

と、待ってましたと言わんばかりの笑みで、そう告げた。

瞬間――俺の羞恥心メーターが一気に振り切る。

「い、今のは不可抗力の反射行動ですっ。人間には、相手の視線を追いかける習性があるから、つい反射的に追いかけてしまっただけですっ」

「あはは。じゃあそういうことにしといてあげる」

楽しげに笑った後、また視線をエロラノベに戻す。

「……へえ、恐ろしいぐらいのテンポで話が進むなあ。でもこの、最後までしなきゃ浮気じゃないって理屈が、いろいろと謎《なぞ》の倫理《りんり》観な気が――」

「も、もういい加減返してくださいよっ」

溜《た》まらず叫んで手を伸ばすけど、彼女はスマホを返してくれない。

「ダメダメ。もうちょっと見るの。彼女として、彼氏のこういうのはしっかりチェックしておかなきゃだからねー」

最高のオモチャを手に入れた彼女は、それをなかなか手放そうとしない。

水を得た魚のように活き活きしてやがる。

完全にスイッチが入ってしまったらしい白森先輩はやがて――とんでもないことを始める。

「……『そんなに……私の下着が欲しかったの？』」

「――っ⁉」

お、音読……！

あろうことか白森先輩は、エロラノベを音読し始めた。

作品のメインヒロイン――高山《たかやま》紀子さん（二十九歳既婚《きこん》、子供なし、旦那《だんな》は現在海外出張中で、ここ三年ほどセックスレス）の台詞《せりふ》を……！

「『ダ、ダメよっ。なに言ってるの……？　私は、もう結婚してるんだから……』」

「ちょっ……し、白森先輩……」

「『ええ？　私の下着を使って、毎晩、そんなに……わ、若い子の性欲ってすごいのね』」

「ま、待ってくださいって……マジで！」

焦りまくる俺だったけれど、白森先輩は止まらない。

必死になっている俺を大層面白《おもしろ》そうに見つめながら、ノリノリで台詞を読み上げていく。

「ふふふっ。黒矢くん、顔真《ま》っ赤《か》っかになってるよー」

「『もう……男の子って、本当におっぱいが好きよね』呆れた口調で言いつつも、紀子は胸の高鳴りを感じていた。夫からは相手にしてもらえない女盛りの肉体が、ゾクゾクと官能的な疼《うず》きを発する」

とうとう地の文まで朗読し始めてしまう。

最初は照れがあったせいでやや棒読みだった台詞も、いつの間にかかなり感情が籠《こ》もった声となっていた。

嗜虐《しぎゃく》的な快感に取り憑《つ》かれたような顔で、白森先輩は朗読を続ける。

「『じゃあ……ちょっとだけよ？　ふ、服の上から揉《も》むだけだからね。それだけなら、浮気にはならないから……』少年の熱い視線を感じつつ、紀子は服を――」

「いやあの、だから……」

「『きゃぁっ！　あっ、ま、待って、そんな、いきなり……ダ、ダメよ！』興奮が限界を迎えてしまったのだろう、少年が紀子に襲いかかり、激しく胸を揉みしだした。『ああんっ！　も、もう……ダメだってば……』抵抗は言葉ばかりで、紀子は半ば少年の手を受け入れつつあった。そしてただ攻められるばかりではなく、自分からも――」

「ちょ、ちょっと」

「『ああっ……す、すごい。もう、こんなに硬くなってる。きみのおち――』」

「白森先輩ってば！」

声を張り上げると、朗読劇はようやく止まった。

「どうしたの黒矢くん？　ムキになっちゃってー。そんなに恥ずかしいの？」

「いや、まあ、俺もすげえ恥ずかしいんですけど」

羞恥を堪《こら》えつつ、俺は言う。

「白森先輩の方は……恥ずかしくないんですか？」

「……へ？」

きょとん、とされた。

「官能小説のエロ台詞を連発って……普通にクソ恥《は》ずかしいことだと思うんですけど……。どっちかと言えば、聞いてる俺より、白森先輩の方がよっぽど恥ずかしいことしてるんじゃ……」

自分の持っていた官能小説を読み上げられる——なるほど、確かにそれは恥ずかしい。とんでもない羞恥プレイだと思う。

しかし。

冷静に考えてみると……読み上げてる方もなかなかのダメージだろう。このシチュエーションで辱《はずかし》めを受けているのは、むしろ白森先輩の方ではなかろうか？

俺を攻撃するのに夢中になって、自分のダメージに気づいていない。

諸刃《もろは》の剣をそれと気づかずにぶん回している。

「深夜のバラエティだったら罰《ばつ》ゲームでやるようなことですよ、官能小説の朗読って。いくら俺をからかいたいからって、なにもそこまで体張らなくても……」

「…………～～っ!?」

呆気《あっけ》に取られた表情をしていた白森先輩だったが、一瞬火がつくように顔を赤らめた後、勢いよく振り返ってこちらに背を向けた。

「べ、別に恥ずかしくなんかないけどねー。官能小説だって立派な文学だし……私、そういうの差別するタイプの狭量《きょうりょう》な読者じゃないし」

早口でまくし立てるように言った後、

「あっ。そうだ今日、用事があったんだった！　ごめん、先に帰るね！」

と言ってスマホをテーブルに置いた後、一度として俺の方を向くことなく部室から出ていってしまった。

「……はぁー」

一人の残された俺は、椅子に腰掛けて深々と息を吐いた。

「ほんと、なんの時間だったんだ……?」

動揺《どうよう》と興奮は未だに冷めず、頭もさっぱり働いてくれないけれど――しかしそんな頭の、記憶を司る部分だけはしっかり機能させておこうと思った。

「……もう少し朗読してもらうんだったかな」

白森先輩の声で語られた、エロい台詞の数々を脳に深く記憶させながら、俺はそんなことを呟《つぶや》いた。


白森先輩が先に帰ってしまったのであれば部室に居座る意味などなにもないので、俺はすぐに部室を後にした。

昇降口を出て、一人駐輪場へと向かう。

俺が自転車に乗るまでは、最近ずっと二人一緒に行動していたため、一人でいることに妙な寂《さみ》しさを感じてしまう――

「…………」

つい、自分で笑いそうになってしまった。

まさか俺が――一人での下校を寂しいと思うなんて。

そんな感情は、小学校高学年くらいで死に絶えたと思っていた。

一人でいることなんてなにも苦痛じゃなくて、むしろ『とか言って本当は寂しいんでしょ？』と周囲から決めつけられることの方が苦痛だったはずなのに……まさかこんな、ごくごく普通に寂しいと思ってしまうなんて。

はあ……。

我ながら女々《めめ》しすぎて嫌《いや》になる。

いったい俺は、どんだけ白森先輩に変えられてしまったのだろうか？

「――あーっ、お前お前っ！　ちょっと待て、お前っ！」

と。

一人で感傷めいた気分に浸っていたところで、全てを台無しにするような叫び声が耳に突き刺さった。

反射的に振り返ると――彼女は駆け足で俺の方へとやってきた。

「はぁー……やっと見つけたぜ」

俺を見つめて軽く息を吐くのは、ギャルっぽい風貌《ふうぼう》の美少女。

『黒ギャル』――右京杏だった。

「ったく、手間かけさせやがって。まだ同好会やってんのかと思って部室の方に行ったのに誰もいねえしよぉ」

「…………」

俺？

俺が……話しかけられているのか？

ははーん。これはアレだな。話しかけられてると思って、返事をしたら実は背後に人がいてそっちに話しかけられたパターンだろ──と考えて背後や周囲を確認するも、俺以外の人影はなかった。

やはり俺が話しかけられているらしい。

「……え？　あの、俺ですか？」

「は？　お前以外に誰がいんだよ？」

「いや、その……」

そりゃそうなんだけど、状況がまるで飲み込めない。

白森先輩以外の女子から話しかけられるというだけでも俺にとっては相当な非日常イベントだというのに──まさかその相手が、スクールカースト上位に君臨する美少女四天王の一角だなんて。

「お前、霞《かすみ》がやってる同好会の後輩だろ？　あいつ以外は一人しかいないっていう」

「一応……」

「じゃあお前で間違いねえよ」

断言口調で言う右京先輩。

俺の方はもう、早くもライフゲージが赤信号だった。

うわあ……やだなあ。

このグイグイ来る感じが怖い。

『年上』『女子』『陽キャ』という、俺が苦手なものを三枚抜きしてるような相手なので、接しているだけで恐怖に近いストレスを覚える。

……ふと思ったけど、白森先輩も思いきりこの三要素に思い切り当てはまるな。

まあ、あの人は別ということで。

「……白森先輩になにか用ですか？　今日はもう帰りましたけど」

この人が俺に話しかけるなんて、どう考えても白森先輩関連だろう。

そう考えた俺だったが、

「いや、違《ちげ》えよ」

右京先輩は首を振り、軽く顎《あご》でしゃくるようにして、

「霞じゃなくて、お前に用があったんだよ」

と言った。

「へ……？」

戸惑《とまど》う俺に、さらに続ける。

「ここじゃなんだし、どっか二人っきりになれるところ行こうぜ」

第三章　友人キューピッド

モテ期、というものがある。

一説によれば——人間には人生に三回、やたらとモテる時期があるらしい。男女を問わずに、不思議なぐらい恋愛運が絶好調な期間が、大体三回ぐらいあるとかないとか。

まあ、眉唾《まゆつば》も眉唾だ。

なんの根拠もない都市伝説みたいなものだろう——とか。

そんな風に一笑《いっしょう》に付すのは簡単だけど、ここで少し真面目《まじめ》に考えてみようと思う。

もちろん、俺《おれ》はそんなもんは信じちゃいない。

モテ期——すなわち複数の異性から同時に好意を寄せられるハーレム展開なんて、人生で三回どころか一回たりともある気がしない。

けれども。

少し考えてみると、モテ期という都市伝説は、意外と理に適《かな》っているのかもしれない。根拠とまでは言えずとも、それなりの理由付けぐらいはできるのかもしれない。

たとえば。

モテ期とは別に、よく言われる恋愛のセオリーの一つに――恋人ができるとモテ始める、というものがある。

すでにパートナーがいる人間は、他の異性から見て魅力的に見えることが多いらしい。

恋人ができたことで内面や外見が変化した結果なのか。あるいは『恋人がいる』という実績がある種の品質保証みたいな役割を担うのか。それとももっとシンプルに、番《つがい》のいる相手を奪って我が物としたいと求める、生物としての競争本能なのか。

男に限って言えば――恋人ができたことで余裕ができる、というのもあると思う。

モテようと必死になり、ガツガツしてる男はまずモテない。

モテようと努力することは大事でも、それを表に出してはならない。

女性からモテたければ、たとえどれだけモテたくても『モテようとしている』事実を隠す必要がある。

これがなにげに難しいことだと思うが……しかしひとたび彼女ができればあら不思議。必死感は瞬く間に消えて、一気に余裕みたいなものができる。なぜならばもう、モテようと頑張《がんば》る必要がなくなるから。当人の意識も変わるし、なにより女性側の意識も変わる。

『この人は彼女いるから、私のことを狙ってないだろう』と安心し、警戒心が薄れてしまうこともあるだろう。

そうして油断し、ガードが緩《ゆる》んだところで――不意の攻撃に打ち抜かれ、恋が芽生《めば》えてしまうこともあるのかもしれない。

人はパートナーができると余裕ができて、それがかえって魅力的に見えたりする。

男は彼女ができるとモテ始める。

これがすなわち——世間一般でモテ期と呼ばれるものの、正体の一つではなかろうか。

男は彼女ができるとモテる。

だから。

たとえばこれまで女性とは縁がなく、非モテ街道を歩き続けていた陰キャであろうとも

——彼女ができたことで急にモテ始めるなんてことも、もしかしたらあるのかもしれない。

一気にモテ期に突入して、複数の女子から好意を寄せられて困り果てる、ハーレム展開に入っていくのかもしれない。

だが、まあ。

長々と語ってしまったけれど、このモテ期に関する考察は——

「……お前、あの下倉《しもくら》って奴と仲いいんだろ?」

——俺とは特に関係のないことのだったようだ。

場所は——駅前のカラオケ店。

右京《うきょう》先輩に半ば強引に連れてこられたのが、この場所だった。

二人きりで誰にも聞かれたくない話をするため、だそうだ。

ここの常連であるらしい右京先輩は、会員アプリを提示して慣れた様子で受け付けを済ませ、指定された部屋に二人で入った。

狭い密室空間。

右京先輩は部屋に入るなり、そわそわと落ち着かない様子となったが、やがて意を決したように、さっきの言葉を吐いたのだった。

「おい。だ、黙ってねえで答えろよ」

「……え？　ああ、すみません。えっと、下倉……刻也《ときや》ですよね？」

「そう。そいつだ」

「一応……友達っちゃ友達ですね。普通に仲良くしています」

「ふ、ふーん。やっぱそうなんだな。二年の奴からも、下倉はやたらお前とんでるって聞いたからよ。正直、信じられなかったけどな。だってなんか……タイプ違うだろ、お前ら」

だいぶ柔らかな表現にしてくれたけれど、『なんであんな高身長イケメンと、お前みたいな冴《さ》えない陰キャが？』という副音声が聞こえたような気がした。

「あー、まあ……中学からの知り合いなんで」

「へえー」

「仲いいって言っても、別に休みの日に遊んだりはしないですし……ほんと、学校の中だけの友達って感じで」

適当に返しつつ、頭の中で状況を整理する。

これまでの流れで――大体察した。

なるほどなあ。

この人、刻也に気があるわけか。

こないだ学食に来たとき、やたらと俺達の方を気にしていたとは思ったけれど――やはりあれは俺じゃなくて、刻也の方を気にしていたのか。

最初から俺のことなど眼中にない。

気になる男――の友人だから、接触してきただけ。

こうして密室で二人きりになることをなんとも思ってない時点で、右京先輩は俺のことなど、空気のようにしか考えていないのだろう。

ふん……そんなの最初からわかっていたさ。

危ない危ない。俺がもう少し自意識過剰な男だったら、モテ期が来たと思って舞い上がって勘違いをして、余計な傷を負ってしまうところだったぜ。

……いや、ほんとだよ？

本当に一切勘違いしてないからね、俺は。

カラオケに来るまでの道中で、右京先輩を傷つけずに告白を断る文句とか考えて脳内シミュレーションしてないからね？

「それでお前……あー、つーかアレだ」

頭を掻《か》きながら、億劫《おっくう》そうに言う。

「お前、名前教えてくれよ」

「…………」

だいぶ今更になってから名前を尋《たず》ねられてしまった。

本気で俺に興味なかったんだなー。

「……黒矢《くろや》です」

「ふうん、クロヤか。名字は？」

「いや、名字が黒矢です。黒い矢って書いて。名前は総吉《そうきち》で……」

「はあ？　なんだよ、紛《まぎ》らわしいな」

苦言を呈されても困る。文句はご先祖様に言ってほしい。明治維新で四民平等が謳《うた》われた際、自主的にこの名字を名乗り始めただろうご先祖様に。

「まあいいや。よろしくな、黒矢。私は右京杏《あん》ってもんだ」

「知ってます……」

たぶん知らない奴はこの学校にはいない。

「ていうか、あの……俺、右京先輩とは前に一度話してるんですけど」

「は？　なに言ってんだよ。お前と話したのは今日が初めてだろ？」

「いえ……去年、話してますよ。文化祭のときに、少しだけ……。そのとき、一応名前も名乗ったはずなんですけど……」

一生懸命説明してみるも、なんだか無性《むしょう》に虚《むな》しくて恥《は》ずかしかった。

去年、ちょっとだけ会話したことがあるんだけど、右京先輩の方は俺のことなど全く覚えていなかったらしい。

その事実に凹《へこ》む——ようなことはもちろんない。存在を忘れられた程度で凹むような繊細《せんさい》さは持ち合わせていない。他人から存在を忘れられることには慣れている。

……慣れているのかよ。

なんかその『慣れている』という事実に凹みそうだわ。

「あー……待て待て。思い出してきた」

ぽん、と手を叩く右京先輩。

「アレか。去年の文化祭のとき、確かに私んとこに——話を聞きに来たよな。あー、そうだそうだ。なんかやたらウロチョロしてる一年がいるなあ、って思ったんだ。悪い悪い、すっかり忘れてたよ」

鷹揚《おうよう》な態度で、一応、謝ってくれる右京先輩だった。

やや失礼な物言いだったが、まあ気にはしない。

事実去年の文化祭時期、俺は——やたらウロチョロしてた、と思う。そんな風に表現されて悪《あ》し様《ざま》に語られたところで、返す言葉はない。

「それでだ、黒矢。お前に訊《き》きたいことがあんだけどよ……」

仕切り直すように、右京先輩は言う。

しかしさっきまでの威勢はどこへやら、視線をあちこち彷徨《さまよ》わせ、指をもじもじと絡ませながら、か細い声で尋ねてくる。

「下倉ってさ……か、彼女とかいるのかな?」

「…………」

急にしおらしくなって、かわいらしくなったなあ。

恋する女子かよ。

「彼女は……今はいないですね」

俺は言った。

以前付き合ってた人とは最近別れたらしいから、おそらく今はいない。

まあ……特定の彼女がいないだけで不特定多数の相手とは遊んでいるっぽいけれど、そこまで言う必要はないだろう。

「そ、そうかっ」

パアっと表情を輝かせる右京先輩。

わかりやすいなあ、おい。

「ははっ。そっかそっかっ。いないのかあ……あんだけイケメ……あ、いやっ、遊んでそうな見た目なら、てっきり彼女ぐらいいるもんだと思ってたけど、いないのかあ」

嬉しさを隠しきれない様子だった。

「……右京先輩は、刻也のこと好きなんですか？」

俺としては、念押しのために問うたつもりだった。

もはやお互いにわかっていることだろうけど、一応確認のステップを踏んでから話を先に進めたい。そんな意味を込めた問いかけだったのだが、

「は、はあっ⁉　なっ、なに言ってんだよ、お前は⁉」

右京先輩は顔を真っ赤《まっか》にして、わかりやすいぐらい狼狽《うろた》えた。

「おまっ……バカっ、バーカっ。そ、そんなわけねえだろっ！　ありえねえって！　変なこと言ってっとぶっ殺すぞ！」

上擦《うわず》った声で怒鳴《どな》った後、はあ、はあ、と息を整え——そして二人きりの密室にもかかわらず周囲を念入りに確認した後に、

「……な、なんでわかったんだよぉ」

と、今にも消え入りそうな声で、顔を隠すようにしながらつけ足した。

……かわいいな、おい！

ギャップをぐいぐい出してくるじゃねえか。白森先輩と出会ってなかったら、たぶん今この

瞬間、恋に落ちてた自信があるぞ。

「まあ、話を聞いた感じで、なんとなく」

「そうかよ……ちっ。やっぱり普段から本を読んでる奴は違うよな。読解力があるっつーか、人の気持ちを読めるっつーか。文芸同好会の名前は伊達《だて》じゃねえってことか」

いや、誰でもわかるわ。

あんたの様子見てたら、読書とか関係なくわかるわ。

なんだその、読書家への熱い偏見《へんけん》と持ち上げは？

「あー……まあ、そうなんだよ。私、下倉のことが好きに……いやっ、その……ま、まだ好きってほどでもないんだけどなっ。ちょっと気になる程度で……」

要するに、結構好きらしい。

後輩の男子が気になり始めたから、その友達から攻めていくという、比較的オーソドックスな戦略を実行しているようだ。

「話はわかりましたけど……でも、刻也と先輩って接点ありましたっけ？」

学年が違うし、刻也から右京先輩に関する話を聞いたこともない。

どういう経緯《けいい》で今の『ちょっと気になる』感じになってしまったのか。

「なにか、きっかけでもあったんですか？」

「きっかけって……バ、バカ。言えるかよ、そんなもん……。だいたい、お前には関係ねえだろ」

照れ隠しのように、語気を強めて言う。

しまった。

つい踏み込んだ質問をしてしまったらしい。そりゃそうだ。ほぼ初対面みたいな奴に、そこまでプライベートな部分を晒す義理もないだろう。

「わかりました。もう訊きません」

「ああ、そうしろ」

「はい」

「…………」

「…………」

「……あれは、一週間前ぐらいのことだ」

話すんかい。

自主的に話すんかい。

本当は誰かに訊いてほしくてたまらなかったのかなあ？

あー、どうしよう。

なんか思ったより面白いぞ、この先輩。

「えーと……要するに――復縁を迫ってくる元カレと街中で揉《も》めてたところ、偶然通りかかった刻也が助けてくれたってわけですか」

話を聞き終えた俺が要点をまとめると、右京先輩は満足そうに頷《うなず》いた。

「へっ。さすがは普段本読んでるだけあるな。見事な国語力だぜ。○○字以内でまとめよ、みたいな問題はお手の物ってわけか」

褒められてるんだろうけど、バカにされてる気分だった。

この人、読書家への偏見がすげえな。

過剰評価にもほどがある。

そもそも全体的にオーソドックスでわかりやすい流れだったから、俺じゃなくても誰でも簡単に話をまとめられたと思う。

「………」

そのオーソドックスな流れを、要約しすぎずに少し具体的に説明すると――

右京先輩は、ここ最近ずっと元カレに付きまとわれて困っていたらしい。

偶然にも今日、白森先輩から話は聞いていた。

『合コンは浮気じゃない』理論で合コンに行って、そのせいで右京先輩と大喧嘩《おおげんか》し――結果、破局を迎えた。

しかし元カレは、数日後にすぐ復縁を求めてきたらしい。

右京先輩の方は完全に気持ちが切れていたため、相手にしなかった。電話は全て無視して、ラインもブロックした。

すると元カレは——なんと右京先輩のSNSから行動を先読みし、街で待ち伏せるような暴挙《ぼうきょ》に出たらしい。

そんな強引で小狡《こずる》い真似をされた右京先輩は、当然キレる。

元カレも逆上し、二人は街中で激しい口論となる。

口論がヒートアップしていき、とうとう元カレが手を出そうとした瞬間——

「おっと。そりゃなしだろ、お兄さん」

通りかかった刻也が、元カレの腕を押さえた。

「痴話《ちわ》喧嘩に口出すほどヤボじゃねえけどよ、目の前で女を殴られるのはさすがに見てて気分が悪りぃぜ」

気怠《けだる》そうに言う刻也に、元カレは当然敵意を剝《む》き出しにするが、

「なんだ刻也、喧嘩か？」

「おっ？　楽しいことやってんなら、手ぇ貸すぜ」

刻也の背後から数人の仲間が現れた。

ダボダボのシャツやジャラジャラとしたアクセサリー……人に威圧感を与えるような厳《いか》つい

見た目の連中と対峙《たいじ》した瞬間、元カレは悔しげな顔を浮かべて去っていったそうだ。

「……ちっ、ダセえ。数で追《お》っ払《ぱら》ったみたいになっちまった」

不服そうに呟《つぶや》いた後、刻也は右京先輩の方を見やる。

「あんた、うちの三年でしょ？　確か……右京先輩でしたっけ？」

「そうだけど……お前は？」

「二年の下倉です」

「けっ……余計なことすんじゃねえよ。助けてなんて頼んでねえぞ」

「ほんとっスね。すみません、勝手なことしちゃって。今の奴、彼氏でしたか？」

「ち、ちげえよっ！　彼氏っつっても……元だ、元っ！　とっくに終わってたっつーのに、あっちがいつまでも……」

「そうですか」

興味なさげに言う刻也。

それから、

「もう少し付き合う男は選んだ方がいいですよ。あんた、せっかくかわいいんだから、釣り合う男を選ばないと」

と、どうでもよさげに付け足し、仲間達と去っていった。

以上、要約しすぎない解説。

いやしかし。

なんつーか……刻也、イケメンすぎるだろ。

主人公なのか、あいつは？

あるいは、少女漫画に出てくるヒーロー役か？　ぶっきらぼうで荒っぽいんだけど、根は優しい系の不良か？

「……下倉、なんかヤバそうな連中とツルんでたんだけど、あいつ、いったいなにやってたんだろうな……？」

「あー、それは、顔出してるヒップホップサークルの連中だと思いますよ。パッと見怖《み》そうな人も多いけど、普段は真面目な社会人してる人が多いとかで……そんなヤバい連中と付き合ってるわけじゃありません」

そんな風に聞いている。

まあ、俺は関わったこともないし、あまり関わりたいとも思わないのだけど。社会人のヒップホップサークルにいる人達と馴染める自信は全くない……。

「……お前、やっぱ下倉のこと詳しいんだな」

「一応、友人ですので」

右京先輩は羨望《せんぼう》の眼差《まなざ》しで俺を見つめた後——ズイッ、と距離を詰めてきた。

両手を拝むように合わせ、頭を下げてくる。

「頼む、黒矢！　私と下倉の仲、取り持ってくれよ」

「……え？」

「なあ、いいだろ？　協力してくれよ」

「え、えー……」

極めて真剣に頼まれて、途方に暮れるしかなかった。

マジか。そういう流れになってしまうのか。彼女の有無《うむ》教えるぐらいで済むと思ってたのに、まさかさらに先を求められるなんて。

うわぁー……や、やだなあ。

めっちゃ面倒臭そう。

人様の恋路に首を突っ込みたくない。

「いやー……それは、ちょっと……俺、そういうの無理なんで……」

「そう言わずに」

「恋愛とかすげえ疎《うと》いですし……」

「そんなの見ればわかる。それでも頼んでんだよ！」

「…………」

『見ればわかる』はちょっと酷《ひど》くない？

事実だとしても言っていいことと悪いことがない？

俺、今お願いされてるんだよね？　罵倒《ばとう》されてるんじゃないよね？

「大丈夫だって！　普段から本たくさん読んでんだろ？　だったらできる！」

だからなんなの、その読書家への熱い信頼⁉

本読んでるだけで恋愛アドバイザーになれるなら、誰も苦労しねえわ！

「別にさ、そこまで難しい話でもないと思うんだよ。つーか……へへっ。ぶっちゃけ、脈はあると思ってんだよな」

恋する乙女《おとめ》の顔となって続ける。

「下倉の奴、別れ際に『釣り合う男を選べ』って言ったんだよ。あれはつまり……『たとえば俺みたいな』っていう遠回しなアプローチだった可能性も高い……。向こうも案外、私に気があるのかもしれねえ」

それは勘違いだと思う。

行間を都合よく読みすぎ。

現代文のテストの答えは往々《おうおう》にして文章の中にあって、文章に書いてないところを勝手に妄想《もうそう》して解答すると大体間違いなんだよ。

「頼むよ、黒矢。一生のお願いっ」

「そんな小学生みたいな頼み方されても……」

「もし断るなら……私の秘密を知ったお前を、このまま生かして帰すわけにはいかない」

「そんな悪の組織みたいに脅《おど》されても……」

秘密って……全部自分から話しただけじゃん。

俺、なに一つとして興味なかったのに……。

「……はあ」

大きく息を吸い、そして深く吐き出した。

「保証はしませんよ？」

「え？」

「さっきも言いましたけど……俺、こういうの全然向いてませんし、恋愛なんて素人《しろうと》も素人ですから。俺が手伝ったところで上手くいく保証はありませんし、ダメだったところで一切責任は取りませんん」

しつこいぐらいに念を押してから、続ける。

「それでもいいなら……まあ、ちょっとぐらいはお手伝いします」

引き受ける、しかないのだろう。

なんだかもう断る方が面倒になってきたし——それになにより、この人は、白森先輩の友達だ。

いい彼氏ならば、彼女の友達の頼みを無碍《むげ》にはしないのだろう、たぶん。

「おおっ！　サンキュー黒矢！　恩に着るぜ！」

満面の笑みを浮かべ、俺の手を握りしめてくる右京先輩。

うわっ、手を触れてしまった。

これは……浮気じゃないよな?

恋愛感情皆無の接触だからセーフだよな?

「いや、あの……言っておきますけど、俺はマジで頼りになりませんからね。過度な期待はしないでくださいよ」

「わかってるって。そこまでプレッシャーかけるつもりはねえよ。まあ、アレだよアレ。なんかそういうことわざもあるだろ? まず馬がどうたらって」

「将《しょう》を射《い》んと欲《ほっ》すればまず馬を射よ、ですか」

「そうそう。さすが、本を読んでる奴は違うな!」

だからその読書家への(以下略)。

「あー、よかったよかった。お前に好意を見抜かれたときは、記憶失うまで殴るしかねえと思ってたけど……味方になってくれるなら百人力だぜ」

さらりと恐ろしいことを言わないで欲しい。

俺……なにげに命の危機だったのか?

選択肢間違えたら、ここでバッドエンド迎えてた?

「じゃあ黒矢、とりあえず連絡先交換しようぜ」

陽キャ特有の軽いノリで頼んでくる右京先輩。

断れる流れでもなかったので、スマホを取り出して連絡先を交換する。ほんの数時間前に『白森先輩以外、女の連絡先知らないので浮気したくてもできません』とかドヤってたのに……まさかその日の内に他の女の連絡先を手に入れてしまうとは。うーむ。

「うーし。まだ時間あるし、せっかくだから、ちょっと歌ってくか。黒矢も遠慮せずガンガン歌っていいぞ」

恐ろしい提案をしながら、右京先輩はデンモクの操作を始める。

それから思い出したように、

「あっ。そうだ黒矢」

と続ける。

「お前……今日のこと誰にも言うなよ？　下倉のこと……まだほんとに、誰にも言ってねえから……」

「わかってますって」

「約束だからな。霞《かすみ》の奴にも絶対に内緒だぞ？」

念を押すように言われ、俺は「はい」と頷いた。

『ふーん。そんなことがあったんだ』

電話越しの白森先輩は、興味深そうに相づちを打った。

帰宅し、夕食を食べた後――

俺は自室で白森先輩へと電話をかけ、今日の放課後発生した非日常イベントについての報告を行っていた。

『まさか、杏が下倉くんを好きになってたなんてね。全然気づかなかったなあ。あー、……でも、そうか。この前、梨乃《りの》と三人で学食行ったとき、なんか黒矢くんの方を見てるような気がしただけど……あれ、下倉くんを見てたんだ』

「刻也の奴が天然でかなりのイケメン行動してたみたいですからね。フラグが立つのも仕方ないことでしょう」

『で、黒矢くんは二人の恋のキューピッドをやることになっちゃったわけか。大変な立場になっちゃったねー』

「……まあ、ほどほどに頑張ります」

「あはは。頑張ってね。……でもさ、黒矢くん」

少し声のトーンを落として、白森先輩は言う。

『このこと――私に言ってよかったの?』

「………」

『杏から、誰にも言うなって言われたんだよね？　私にも、絶対に言うなって』

「…………」

いいか悪いかで言えば――まあ、まず間違いなく悪いのだろう。

俺はあっさりと、右京先輩との約束を破り、白森先輩に今日のことを包み隠さずに説明した。

やむを得ぬ事情で偶然機密を漏らしてしまったわけではない。

俺は俺の意思で――右京先輩の信頼を裏切ったのだ。

「……これから白森先輩がなにも知らない風を装《よそお》ってくれれば、実質言ってないのと同じだから大丈夫です。右京先輩本人にバレなければ、大丈夫なはず……」

『それ、典型的な口軽い人の言い訳じゃないかな？』

ごもっともだった。

なにも言い返せねえ。

我ながら酷《ひど》いことをしているとは思う。

でも、それでも――

「……嫌だったんですよ。白森先輩に内緒でコソコソ他の女と会ってるのが」

俺は言った。

「今日のこと黙ったままでいるのもモヤモヤするし……それにこれから右京先輩の恋路を応援するってなったら、二人きりでなにかすることも増えていきそうだから。そういうの全部秘密にしてるのは……なんか、彼氏としてダメな気がして」

なんだろうなあ。

右京先輩と別れてから……いろいろ考えてしまったんだよなあ。

悪い未来ばかり想像してしまった。

これ、よくある修羅場《しゆらば》パターンだぞ、と。

女子から内緒の恋愛相談を頼まれる→その女子と二人でコソコソする→彼女が不信感を持つ→でも内緒と言われてるからなにも言えない→彼女の不信感が加速する――修羅場勃発《ぼつぱつ》。

ネガティブな妄想だと凄《すさ》まじい加速力を発揮する俺の脳みそは、こんな最悪のパターンを一瞬で想像してしまった。

結局は、優先順位の問題だろう。

右京先輩には申し訳ないけれど俺にとって優先すべきは――なによりも最優先で考えたいと思うのは、白森先輩のことだった。

俺はハーレムラブコメの主人公のように、複数の女子を平等に大切にできるような器は持ち合わせちゃいない。

たった一人の想い人相手にすら、全然思うように行かず敗北感に苛《さいな》まれる毎日だ。

だからせめて、この小さな器だけは全部彼女に捧げたい。

他のなにを逃しても、彼女だけは決して零《こぼ》すことのないように――

『……もう、真面目すぎ』

少しの沈黙の後に、白森先輩は言った。

呆《あき》れたような、でも少し嬉しそうな、そんな声だった。

『黒矢くんと杏が一緒にいたら、私が浮気を疑うと思ったの？ 私って、そんなに器が小さい女だと思われてた？』

「そ、そういうわけじゃなくて……。白森先輩がどうこうじゃなくて、俺がどうありたいかという話で……」

『ふふふ。まあ、なんか間も悪かったかもね。ちょうど今日、いろいろ浮気について話し合った直後のことだったもんねー』

それも……まあ、ある。

さんざん浮気について話し合った直後に——別の女と二人でカラオケに行って、恋のキューピッドを頼まれるという展開だ。

過剰に意識してしまった感は否めない。

『本当なら私はここで杏の友達として、約束を破った黒矢くんを怒らなきゃいけない場面なのかもしれないけど……ふふっ。怒れないなあ。こんなかわいいことしてくれる後輩は』

白森先輩は言う。

意地悪く、それでいて嬉しそうな声で。

『誰といても私のことばっかり考えちゃってるんだね』

「……っ」

『まったく、私のこと大好きかよ?』

「ぐっ……!」

あー、もう、なんなんだろうなあ、ほんとにもう……!

心底嫌《いや》になる。なにが嫌って……屈辱的なこと言われてるはずなのに、どっか嬉しくも思ってしまう自分が本当に情けない……!

「わ、悪いんですか?」

『んーん、全然』

弾むような声で言った後、

『おっけー、わかった。まあとりあえず私の方も、杏の方からなにか言ってくるまでは、知らないフリしておくよ』

と、まとめるように言った。

『黒矢くんの方も、杏のことよろしくね』

「まあ、適当に頑張ります」

『適当にやっちゃダメだよ』

「適当適度にって意味です」

『んー。だったらいいか』

くすくす笑う白森先輩。

ようやく話が一段落したと思って一息吐《つ》くが――しかしここから、思いも寄らぬ方向に話が転がってく。

『でも……カラオケかー』

思い出したように、白森先輩が言った。

『杏の恋愛話の方にすっかり気を取られちゃったけど……なにげに黒矢くん、杏とカラオケを楽しんできちゃったんだよねー』

「別に楽しんではないですよ。無理やり連れてかれただけで……。結局、歌ったのも右京先輩だけですし」

『でも、女子と二人きりのカラオケとか、初めてだったんじゃないの?』

「……それは、まあ」

当然ながら初体験だ。

そもそもカラオケ自体、数えるほどしか行ったことがない。

『あーあ。初めて、杏に取られちゃったなー』

「……今回のことは、浮気じゃないって認めてくれたんじゃ」

「もちろん浮気とまで思ってないけどさ。それでもちょっと……理性じゃない本能の部分でモヤモヤしちゃうものはあるよね」

「そんな……ど、どうすれば」

「んー。そうだなー」

困り果てる俺に、白森先輩は言う。

なにかを企むような、悪戯《いたずら》めいた声で。

「とりあえずデートでもしてみる？」

第四章

街中アウェイキング

待ち合わせ場所は、駅前の広場。

待ち合わせ時刻は、午前十時半。

決して遅れないようにと早めに家を出てところ、約束の三十分前——午前十時には広場に到着してしまった。

そこで待つこと十分。

つまり約束の時間二十分前になると、早くも待ち人が訪れた。

雑踏の向こうに見えたのは、雑踏の中だろうと目を引く、見目麗《みめうるわ》しい美少女だった。

オフショルダーのシャツと、色の濃いスカート。涼しげでありながらラフさはなく、なんだか大人っぽいファッションだった。

彼女は俺《おれ》を見つけると軽く手を振り、小走りでやってきた。

「早いね、黒矢《くろや》くん。まだ二十分前だよ？　いつから待ってたの？」

「そんな待ってないですよ。ほんの十分前ぐらいです」

「早いって。もう、そんなに私とのデートが待ちきれなかったの？」

「……違います、待ち合わせには絶対に先に来ておきたい主義なだけです。相手に先に来られると、なんか負けた気がするので」

「あはは。黒矢くんっぽいね」

笑われてしまう。

たかが待ち合わせでもいちいちマウントの取り合いみたいに考えてしまう狭量《きょうりょう》なメンタルを『黒矢くんっぽい』と笑われるのは大変複雑な思いだったけれど、まあ笑ってもらえたならいいとしよう。

「……ふーん」

白森先輩は、まじまじと俺を見つめてくる。

頭の先から足先まで、じっくりと。

「な、なんですか?」

「私服見たの久しぶりだけど……なんか、いい感じだね」

「……それはどうも」

「黒矢くんって意外とオシャレだよね。あんまり服とか興味なさそうなのに」

「……オシャレでもないし、興味もないですよ。ただまあ、最近は安いファストファッションがトレンドですからね。安くて無難なものを買えばそれなりにまとまって見えるという、陰キャにとっては大変過ごしやすい時代なんです」

昨今のファストファッションの台頭は、俺のような『オシャレにはさっぱり興味ないけど、街中で悪目立ちはしたくない。空気になりたい。街の背景に溶け込みたい』という考えの陰キャにとっては、とてもありがたいことだと思う。

一昔前は『全身〇ニクロ』『全身G〇』みたいなファッションは嘲笑《ちょうしょう》の的だったらしいけれど……最近じゃ珍しくもなんともない。

まあ。

いくら興味がないとは言え、必要最低限の勉強ぐらいはしたけれど。

だって。

今日は――白森《しらもり》先輩と一緒に街を歩くんだ。

ダサい男と歩いている、とは思われたくない。

俺の存在で彼女の格を下げてしまうことは、死んでもごめんだ。

「……んっ」

ふと白森先輩が、一歩距離を詰めてきた。

両手を軽く広げて少し胸を張る。

まるで――今日の服装をアピールするように。

「……なんですか?」

「なんだと思う?」

挑発するように問うてくる。

言わんとすることは……わかってしまう。

だって顔に書いてあるもん。

『今度はそっちの番だよ』って。

「……いい服ですね」

「服だけ？」

「…………いいセンスだと思います」

「つまり？」

「……………とても似合っていて、大変かわいいと思います！」

「ふふっ。どうもありがとう」

やけくそ気味に叫ぶと、白森先輩は満足そうに微笑《ほほえ》んだ。

「褒めてもらえて嬉しいなあ。黒矢くんのために一生懸命コーディネートした甲斐《かい》があったなあ」

「……早く行きましょう。いつまでもここでしゃべっててもアレですし」

気恥ずかしさから、話を逸らす。

今日のデートは——二人でカラオケに行く予定だった。

彼女よりも先に別の女と行ったことが先輩的には少し引っかかる部分だったらしく、その流れで今日のデートが決定した。

「そうだね、行こうか」

白森先輩は一人歩き出す。

向かう先は駅前のカラオケ――ではなく。

思い切り駅に向かって歩き出していた。

「ちょ、ちょっと先輩……どこ行くんですか？　カラオケはこっちじゃ？」

俺は駅前のカラオケ店――先日右京《うきょう》先輩と利用した店の方向を指さす。

「ああ、言ってなかったっけ？　今日はあそこじゃないところに行く予定」

「なんでまた……？」

「あそこ、うちの生徒の利用率高いからねー。今日みたいな休日だと、誰かしら知り合いに遭いそうだし」

「……そこ気にするなら、こんな目立つ場所で待ち合わせてる時点で気にするべきだと思うんですけど……？」

「まあ、それはそうなんだけどさ。どうせならちょっと遠出したいなあ、と思って」

だって、と白森先輩は続ける。

「今日はせっかくの初デートなんだし」

魅力的な笑顔でそんなことを言われてしまえば、俺はもう言葉を失ってただ頷《うなず》くことしかできなかった。

どうやら俺達の初デートは、ただカラオケに行って終わるような単純なものでは終わらないらしい。

期待に胸が膨《ふく》らむ反面……デートエリアをこの近辺だと想定して練ってきたデートプランが全て水泡《すいほう》に帰《き》したことが、そこそこショックでもあった。


「そういえばさ」

駅の改札を抜けたところで、白森先輩が言う。

「黒矢くんは今日、うちの人にはなんて言ってきたの？」

「友達と遊んでくるって言いました」

「あー、やっぱりデートってことは隠す感じ？」

「……本当のこと言うといろいろ面倒そうなんで」

「ふぅん。怪しまれなかった？」

「母親はたぶん大丈夫です。むしろ喜んでましたよ。『あんたが友達と遊ぶなんて珍しい』って」

「あはは、そうなんだ。刻也《ときや》くんとは休みの日に遊んだりしないの？」

「あいつとは学校にいる間だけの友達なんで」

「独特な距離感だよね、きみ達」

「ただ……姉ちゃんには若干《じゃっかん》怪しまれましたけど。『総吉《そうきち》が、友達と遊ぶ……？』みたいな反応で……」

「……友達と遊ぶって言っただけで、喜ばれたり怪しまれたりするんだね、黒矢くん」

「そういう白森先輩はなんて言ってきたんですか？」

「私も普通に、友達と遊んでくるって言ったよ」

「それで反応は？」

「全然疑われてもないと思う。いつも通りの反応だった。まあ元からうちのお父さん、あんまり私のプライベートには干渉《かんしょう》してこないし」

「……そうですか」

雑談しながら目的のホームへと歩いていく。

白森先輩の提案で、これから電車で仙台《せんだい》に向かう予定だ。

「黒矢くん、仙台とか行ったりする？」

「仙台は中学のときに修学旅行で行ったぐらいですね。先輩は？」

「私はちょいちょい行くかなあ。友達と行ったり、お父さんと行ったり」

ホームに着くと、電車はすぐにやってきた。

ドアが開き、二人で乗り込む。

時間帯がよかったのか、電車内はそれほど混んでいなかった。

「あっ。よかった、すいてるね。これなら座れそう」

「……そうですね」

「あれ？　なんでちょっと落ち込んでるの？」

「……いえ、別に」

誤魔化《ごまか》す。

言えるはずもない。

本当はちょっと——混んでいてほしかった、なんて。

なんかさあ……こういうのって、定番の流れがあるじゃん？

これがラブコメだったら——主人公とヒロインの乗った電車が混んでいて、それで二人が否応なしに密着せざるを得なくなる、みたいなのが鉄板の流れだろう。

『こ、混んでるね』

『そうですね。白森先輩、危ないから、もっとこっちに』

『えっ……あ、うん……ありがとう』

『……っ』

『あっ。だ、大丈夫？』

『大丈夫です、ちょっと後ろから押されただけなんで』

『……ねえ黒矢くん。もっとこっちに来てもいいよ』

『え？　で、でも、これ以上は……』

『いいよ、黒矢くんなら――平気だから』

『白森先輩……』

――みたいなさあ！

そういう展開があったかもしれないのにさあ！

畜生。なんですいてるんだよ、電車め。

まあラブコメ漫画の舞台なんて大体が関東だからなあ。

俺らが住んでるような地方都市とは勝手が違う。ぎゅうぎゅう詰めで体が押されるような満員電車なんて、こっちじゃ通勤通学のラッシュ時にすら経験できない。

「あそこ、座ろっか」

空いていた席に、二人で並んで腰掛ける。

少しの間があってから、電車はゆっくりと動き出した。向かい側の車窓に広がる景色は、電車の速度に合わせてどんどん加速していく。

「向こうついてからの予定とか、なにか考えてあるんですか？」

「んー、あんまり。適当にぷらぷらしようかなあって思ってる」

「適当って」

まいったな。

初デートだっていうのに、完全にアウェイな場所に連れていかれる流れになってしまった。

どう足掻《あが》いてもリードはできそうにない。

情けない話だけれど、主導権は相手に渡して身を委ねるしかないのだろう。

「……ねえ、黒矢くん」

忸怩《じくじ》たる思いに浸る俺に、白森先輩は言う。

声はかなり抑えめだったけれど――耳元で囁《ささや》かれたその声は、酷《ひど》く明瞭だった。

「さっきがっかりしたのってさ……もしかして、電車が混んでなかったから？」

「え？」

「電車が混んでたら――私と密着できるかも、って期待した？」

「――っ」

なぜ？　なぜわかる？

いくらなんでも鋭すぎるだろ！

「あー、やっぱりそうなんだっ」

俺が思い切り動揺を露《あら》わにしてしまったせいか、納得の笑みを浮かべる。

「そっかそっか、黒矢くんはそんなに私とくっつきたかったのかー」

「……ち、違いますっ。勝手に決めつけないでくださいっ」

「ふふふっ」

必死に弁明するも、白森先輩は聞いちゃいない。浅ましい思惑を見抜かれてしまった俺は、屈辱に歯を食いしばることしかできなかった。

「バカだなあ、黒矢くんは」

「……うるさいです。男はそういう生き物なんです。隙あらば女子との密着を期待し、妄想《もうそう》してしまう生き物なんです」

「ううん、そうじゃなくて、回りくどいって意味」

回りくどい？

どういう意味か問い返す——よりも早く。

ずい、と。

お尻を少し横に移動して、白森先輩が距離を詰めてきた。

肩と肩が、今にも触れそうな距離。

急接近によって鼓動が跳ね上がるが——しかしそれは、さらなる追撃のための前フリでしかなかった。

膝の上に置いておいた手が、流れるような動きで攫《さら》われる。

摑《つか》まれた手は、俺と彼女の間——互いの太ももの間に押し込まれ、隠すようにされてしまう。

一連の動作の中で、いつの間にか手はしっかりと握られていた。

いつだかと同じ、互いの指を絡め合うような握り方――

「え、な……」

「ふふっ」

流れるような連続攻撃を受け、呆《ほう》けたように固まることしかできない俺を、白森先輩は楽しそうに見つめていた。

「くっつきたかったら、いつでもくっついてきていいんだよ」

少し赤い顔で彼女は言う。

窘《たしな》めるように、それでいて挑発するように。

「私達、もう付き合ってるんだから、くっつくのに口実なんていらないでしょ？」

「〜〜っ」

耳元で言われた台詞《せりふ》に、脳が沸騰《ふっとう》しそうになる。

「……だ、誰が見てるかわかんないですよ？」

「そっかー。じゃあ、もっとちゃんと隠さないとね」

蕩《とろ》けるような声で囁くように言うと、白森先輩はさらに体を寄せてきた。繋《つな》いだ手は、互いの太ももの間にさらに沈んでいく。

スカート越しとは言え、手の甲に伝わってくる太ももの感触は……俺から思考力を奪うには十分すぎた。

なにも考えられなくなる。

隣にいる彼女のこと以外、なにも――

「まだ隠し足りない？」

「……いえ。もう十分です」

これ以上近づかれたら、自分を抑えきれなくなりそうだ。

デートはまだ序盤も序盤。目的地にすら到着していない状態だっていうのに、もはや俺の精神は瀕死《ひんし》の状態まで追い込まれていた。


仙台に到着した後は駅前のカラオケに――は向かわなかった。

「せっかく来たんだから、あちこち見て回ろうよ」

というノリらしい。

最初に向かったのは、駅ビル内にある服屋だった。

全体がレディースファッションブランドで統一されたフロア。

先輩は慣れた様子で進んでいくが……俺の方はアウェイ感が半端じゃなかった。

「あっ。これ、かわいい～」

店頭に並んでいた帽子を手に取り、かぶってみせる。

「どう、黒矢くん？」

「……いいんじゃないですか？」

「んー、曖昧《あいまい》な返事だなあ」

不服そうに言いつつ、帽子を元の位置に戻す白森先輩。

いやまあ、かわいいんだけどさ。

すっげえ似合ってたんだけどさ！

でもここでさらりと褒めることができるようならば、俺は俺という人間をやっていないのである。

「……あの、俺、店の外で待ってちゃダメですか？」

「えー、どうして？」

「いやなんか……居心地の悪さがすごくて」

流行《はや》りの服にファッショナブルな小物。店内にはよくわからん英語の歌が流れ、そしてなぜかいい匂いがする……空間全体がオシャレオーラを発しているようだ。

俺の全身を構築する陰キャ細胞が激しい拒絶反応を起こしている。

「……店員やお客さんが『お前、なんでこんなところにいるの』って目で俺のことを見ている気がする……」

「気にしすぎだって」

くすくすと笑う白森先輩。

「すぐ終わるからちょっとだけ付き合ってよ。ね？」

「はあ……」

「あとで黒矢くんの服も買いに行こうよ。ここ、メンズも結構あるんだよ」

「俺はいいですよ。服に金使うつもりないんで」

「ふーん。もうちょっと興味持ったらいいのに」

「持ってもしょうがないですからね。そりゃ、先輩みたいな人はオシャレするのも楽しいんでしょうけど」

「私みたいな人？」

「だから、先輩にみたいにスタイルよくてかわいい人なら、オシャレしてて楽しいんでしょうけど、俺みたいなのは――」

ん？

あれ？　ちょっと待て。俺今、なんて言った？

「……あはは」

一瞬呆気《あっけ》に取られたような表情をした白森先輩だったけれど、少し間を空けて気まずそうに微笑んだ。

「そんなに褒められると照れちゃうなあ」

「ち、ちがっ……今のは言葉の綾《あや》で……なにも考えないでしゃべってたからつい本音が——

いや、そうじゃなくてっ」

さらに墓穴を掘る俺と、恥ずかしそうに苦笑する白森先輩。

「正直に言うとさ……服を買いにきたのって、黒矢くんに褒めてもらいたかったからなんだよね」

「ほ、褒めて……？」

「うん。いろいろオシャレな服を試着してみたら、ツンデレな黒矢くんでも素直に『綺麗』とか『かわいい』とか言ってくれるかなあ、って」

でも、と続ける。

「まさか……なにもしないうちから褒めてもらえちゃうなんてね。嬉しいような、拍子抜けなような……不意打ちを食らっちゃったような」

「……っ」

俺の自滅により、白森先輩の戦略は不発に終わってしまったらしい。

獲物を捕らえようと一生懸命罠《わな》を仕掛けていたら、罠の手前で獲物が勝手に転んで致命傷を負ったようなものだろうか？

恥ずかしいやら申し訳ないやら、大変複雑な気分だった。

服の次はアイスだった。

駅ビルの地下にある、アイス専門店。

俺はあまり詳しくないのだけれど——店員が歌いながらアイスを作ってくれることで有名な、若者には大人気のスポットらしい。

「なんでここのアイスは歌いながら作るんですかね？」

「さあ、なんでだろうね？　美味《おい》しくなるんじゃないかな」

「メイド喫茶のオムライスが美味しくなるおまじないぐらいは効果がありそうですね……」

「でも楽しそうだよね。大学に入ったら、バイトしてみようかな」

「……俺は時給一万円でもやりたくないです」

陽キャと陰キャの決して相容れぬなにかを感じつつ、互いに注文を済ませる。

店員さんは陽気な歌を口ずさみつつ、軽快な手さばきで俺達のアイスを完成させていった。

先輩がいちごで、俺がチョコレート。

それぞれのアイスを受け取り、空いている席へと向かう。

「さすが黒矢くん、わかってるね」

「え？　なにがですか？」

「ちゃんと私と違うの頼んでくれたでしょ？」

白森先輩は自分のアイスをスプーンですくい、一口食べる。

そしてもう一度すくうと、今度はそれを俺の方へと向けてきた。

「こういうのは――二人でシェアしないとね」

「……っ」

ようやく意味を理解した。

シェア。二人で分け合うということ。

それが意味することは――

「まったく黒矢くんも策士《さくし》だなあ。私にあーんして欲しくて、わざわざ違うものを頼むなんて」

「……違います。俺は俺で食べたいやつを選んだだけです」

「まあまあ、そういうことにしてあげてもいいけれど。とりあえず――わけっこしようよ。私もチョコレート食べたいし」

「……だったら、スプーンをもう一つずつもらってきます」

「ダメダメ。そんなのもったいないでしょ？　プラスチックのゴミはできるだけ削減して、環境保全に努めないと」

絶対に環境保全など考えていなさそうな、意地の悪い顔をして言う白森先輩。

「なになに、黒矢くん？　まさか高校生にもなって、間接キスとか意識しちゃってるの？」

「そ、そんなわけないでしょう。俺はただ……人前でこういうことするのが嫌なだけです」

まあ……間接キスの方も正直、かなり意識してしまってるけど。

視線はどうしても、唇《くちびる》の方へと向いてしまう。

白森先輩め……わざわざ見せつけるみたいに、一回食べやがって。

「はぁい、あーん」

思考もまとまらないうちに、スプーンが迫ってくる。

「ほらほら、早くしてよ、黒矢くん」

「……でも」

「あっ、垂れちゃう垂れちゃうっ」

「――っ」

今にも垂れそうなアイスクリームを前に、反射的に顔が動いてしまう。

ぱく、と。

差し出されたアイスクリームを食べた。

「おお、食べちゃった」

「……そりゃ食べますよ。そっちがやってきたんでしょ」

「あはは。そうだったね。美味しい？」

「美味しいです」

「私に食べさせてもらったから？」

「メーカーの企業努力の結果です」

「ふふっ。素直じゃないなあ」

満足げな白森先輩だった。

俺は一息吐《つ》くが――しかし彼女の攻撃はまだ終わっていなかった。

「じゃあ、次は黒矢くんの番ね」

「……え？」

「え？　じゃないでしょ。自分ばっかり食べて、ズルいでしょ。私だってそっちのアイス食べたいんだから」

「だ、だったら、まだ口つけてないから、どうぞご自分で……」

「んっ」

俺の言葉を遮《さえぎ》るように、白森先輩はこちらに顎《あご》を突き出すようにしてきた。

そして――口を開く。

「ひょうらい」

「……っ」

滑舌《かつぜつ》の悪い『頂戴』に、脳がザワザワした。

なんだこれ？

白森先輩が口を半開きにした無防備な状態で、俺のアクションを待っている。

リップで輝く唇と、そこからわずかに覗《のぞ》く赤い舌。なんだかとてもいかがわしい光景に思えてしまうのは……俺の心が穢《けが》れているからだろうか？

「……ど、どうぞ」

スプーンを差し出すと、白森先輩はぱくりとアイスを食べた。

「んーっ、こっちも美味しいね」

「それは重畳《ちょうじょう》です」

「黒矢くんに食べさせてもらったからかな？」

「……メーカーの企業努力の結果です」

にやにや顔から目を逸らしつつ、俺はスプーンをアイスに差した。


アイス屋の次は、本屋だった。

駅ビルの中にあった、大きめの書店に二人で向かう。

やれやれ。

ようやく一息吐ける時間らしい。ずっとアウェイ感が半端じゃなかったけれど、本屋だったら俺のホームグラウンドみたいなものだ。

駅ビルの中に本屋は初めて来る店舗だったけれど、オシャレな服屋やオシャレなアイス屋よりはずっと落ち着ける場所だ。

「普通の人だったら『せっかく遠出してるのになんで本屋？』って思うのかな？」

「思いそうですねー。『地元の本屋にも同じの売ってるじゃん』とか無粋《ぶすい》なことを言われそうです」

「そういうことじゃないのにね」

「そういうことじゃないいんですよ」

わかり合う俺達だった。

そうだよ。そういうことじゃないいんだよ。

そこの書店だからこそ買いたくなってしまう本、とかがあるんだよ。

顧客の動線を計算した売り場のレイアウトや、購買意欲をかき立てる宣伝ＰＯＰ。そういった書店員さんの努力によって成り立つ書店では、通販や電子書籍では出会えなかった本と出会えることがある。

もちろん、通販や電子書籍を否定する気もさらさらない。

俺だってどっちも利用する。

まあ要するに、それぞれにメリットと魅力があるという話だ。

あと、普段と違う書店で買うと、普段と違うブックカバーや栞《しおり》をもらえたりもする。しばらく時間を置いて読み返したときに、『そういえばこの本は、遠出したときにあそこの本屋で買ったんだっけな』と思い出に浸ったりするのもまた一興だ。

「あっ。この漫画、今、すごい売れてるらしいよね」

「すげえ売れてるっぽいですね。俺もこの漫画家さんは好きですけど……正直、俺は前作の方が好きでしたね。あんまり売り上げは振るわなかったみたいですけど、作者のカラーが全開って感じで。こっちの方は、若干売れ線に寄せて置きに行ってる感じがして……」

「わー、出たー。ヒット作出した作者さんのあんまり売れなかった前作の方が好き、ってアピール始める人だー」

「……もうなにも言いません」

「あはは。ごめんごめん、拗《す》ねないでよ」

楽しく雑談しながら、書店を回っていく。

ああ、やっぱり本屋はいいな。

他のデートスポットとは違い、実家のような安心感がある。

俺にとってはようやく深く呼吸ができるような、幸福と安らぎに満ちた時間だったが――

しかし、それは長くは続かなかった。

「……あっ」

突如、白森先輩が変な声を上げた。

「どうしました？」

「え……あっ、いや、えっと……あはは」

戸惑いの表情を見せた後、誤魔化《ごまか》すように笑う。

それから、

「なんか……偶然、目に入っちゃって」

と言って、とある本棚を指さした。

書店の一角にあるその棚の、さらに下の方。

あまり目立つような場所ではないが、何冊かの本は表紙をこちらに向けた平積みで置かれているおかげで、一目でどんな本かわかり――

「――っ!?」

俺は、愕然《がくぜん》とした。

白森先輩が恥《は》ずかしそうに指さした本。それは――

『ちょっぴりエッチな人妻は好きですか？

　～紀子《のりこ》さんの筆下ろしレッスン～』

「あはは……紙でも売ってるんだね、これ」

気まずそうに笑う白森先輩。

俺の方は――気まずいなんてもんじゃない。

またか。

またこれか。

紀子さん、あなたはまだ俺を苦しめるのですか？

これはいったい、なんのレッスンなんですか……⁉

「いやー……なんかアレだよねー。こういう本って、なにげに堂々と売ってることが多いよね。あんまりゾーニングされないで、普通に置いてる書店が多いっていうか……。うっかり見ちゃうこと、たまにあるし」

沈黙を避けたいのか、言葉を続ける白森先輩。

そう。

こういう本は——意外と堂々と売っている。

実写のエロ本やエロ漫画雑誌などは年々ゾーニングが厳しくなっているけれど……官能小説やエロラノベに関しては意外と規制が緩《ゆる》い。

書店によっては、一般向けラノベの隣に普通にエロラノベがあったりもする。

くそっ、しまった。

いつも行っている本屋ならそういうゾーンは避けることもできたけど、初めて来る書店だから回避が不可能だった。

うっかりエロラノベ＆官能小説ゾーンに足を踏み入れてしまった……！

「棚差《たなざ》しじゃなくて平積みってことは、結構売れてるのかな、これ？」

最初は動揺していた白森先輩も、段々と落ち着きを取り戻していく。

からかい顔となって、俺の顔を覗き込むようにしてきた。

「さ、さあ……？　売れてるんじゃないですかね？」

適当に答えるも、本当は知ってる。

紀子さんシリーズは——エロラノベにしてはかなり売れてるらしく、すでにOVA化も決まっている人気シリーズだ。

単巻完結が多いエロラノベで、すでに三冊も続刊が出ている。

「やっぱり男の人って、『人妻』が好きなのかなあ？」

「な、なにを言ってるんですか……？」

「だってほら、なんとなくそういうイメージない？　あんまり詳しくは知らないけど……アダルト界隈《かいわい》では人気ジャンルだったりするんでしょ、人妻って」

「さ、さあ？」

「私にも変なあだ名ついたりしちゃってるけどさ。男の人って『人妻』のなにがいいんだろうね？　昼ドラ的な背徳感がいいのかな？　禁断の恋に惹《ひ》かれる、みたいな？」

「……それもあるでしょうけど、男の場合はもっと単純だと思いますよ。アダルト系作品の『人妻』は大体が欲求不満という設定だから、シンプルにエロそうっていうのが大きいんだと——」

いや待て。

なに懇切丁寧に説明してんだ、俺は？

つーか、これ、なんの時間だ？

なんで彼女とのデート中に、アダルト系作品の『人妻』系作品の需要について個人的見解を語っちゃってるんだよ？

「ふぅん、さすが『人妻』には詳しいですね、黒矢くん」

「……詳しくないです。普通です」

「ふふふっ。やれやれ、困った彼氏さんだなあ」

楽しげな様子で笑いながら、

「じゃあさ、もしも私が本当に『人妻』になっちゃったら、どうする？」

と続けた。

「もしも私が誰かと結婚して『人妻』になっちゃったら、むしろ黒矢くんは喜んだり——」

それは、明らかに冗談で言っているとわかる口調だった。

話の流れで始まった、単なるたとえ話でしかない。

頭では十分わかっていた。

でも気づけば俺は、

「——考えたくもないです」

相手の言葉を遮るように、即答していた。

「前にも言いましたけど、この手の本はあくまでエンタメとして楽しんでるだけですから。現実とは完全に別腹です。白森先輩が『人妻』になるなんて死んでも嫌です。他人の妻じゃなくて、俺の――」

反射的に早口でまくし立ててしまったが、そこで我に返る。

白森先輩は呆気《あっけ》に取られたような顔で俺を見ていた。

驚いたような、それでいてなにかを待っているかのような。不安と期待を孕《はら》んだ顔を見た瞬間、猛烈な羞恥心《しゅうちしん》が湧き上がってきた。

「俺の……なに？」

「～～っ！　な、なんでもありません！」

顔を逸らし、勢いよく踵《きびす》を返す。

「……そろそろ行きましょう。いつまでもこんな恥ずかしい場所で恥ずかしい話してるわけにもいきませんから」

「え、えー？　なんでなんで？　ちゃんと最後まで言ってよっ」

「……絶対に言いません」

白森先輩は不服そうだったけど、俺は逃げるように歩くことしかできなかった。

その後もあちこち回って駅ビルを満喫し、時刻は午後の四時過ぎ。

俺達はようやくカラオケに向かうこととなった。

「帰りの時間考えたら、一時間ぐらいしかいられないんじゃないですか？」

「うん。まあいいんじゃない？　一時間もいれば」

二人でエスカレーターを降りている途中、白森先輩は言う。

「正直言うとさ、私、カラオケあんまり好きじゃないんだよね」

衝撃の発言だった。

「マ、マジすか……？」

「大勢で行って人が歌ってるの聞いてるのは嫌いじゃないけど、自分が歌うのはあんまりって感じで……。黒矢くんはどう？」

「俺も別に好きじゃないですよ。見るからに嫌いそうなキャラでしょ、俺」

「あははっ。二人とも苦手なら、カラオケ行くのやめよっか」

「……じゃあ今日、なにしに来たんですか？」

事の発端は、右京先輩とだけカラオケに行ってるのがズルいから、私とも一緒に行こうとか、そんな話だった気がするんだけど……。

俺の問いに対し、白森先輩はエスカレーターから降りたタイミングで、

「なにしに来たんだと思う？」

と、質問に質問で返してきた。

小首を傾《かし》げ、心底楽しそうな笑みを浮かべて。

「なにしにって」

「そう、正解。私達はデートしに来たんです」

「……まだなにも言ってませんけど」

「顔に書いてあるよ。『大好きな先輩とデートできて幸せです』って」

「……そう読み取ったなら、白森先輩の中ではそれが答えなんでしょう」

「あはは。否定しないの？」

「読者の感想にケチはつけません」

格好つけて誤魔化すことしかできなかった。

否定なんて——嘘でもできるはずもない。

恥ずかしいぐらいに内心を言い当てられてしまったのだから。

「それで……どうします、これから？」

「んー。帰りの電車までまだ時間はあるから、やっぱりカラオケ行ってみるのもアリかもね。歌わなくてものんびり休憩はできるし、買った服とかもチェックできるし」

そんな感じで、俺達は結局カラオケに向かうこととなった。

でも歌うことはなさそうで、ホッとする。昨日の夜、家族に怒られるぐらい風呂場で一人歌の練習してきたから、その成果をお披露目できないのは少し残念だけど、まあ安堵《あんど》の方が大きい。

駅ビルから外に出ようとしたところで、

「もしかして黒矢くん、昨日の夜、カラオケの練習とかして――」

白森先輩がいつものように、エスパーかよってレベルで俺の行動を読みまくったからかい台詞を述べるが――それは途中で止まる。

台詞だけではなく、足も止まった。

「え……？　ど、どうしました？」

俺も足を止めて問いかけるも、反応はない。

白森先輩の視線は、駅ビルの出入り口を向いている。

屋外に通じるドア付近には休憩用のベンチが並べてあり――その一角に、少女が一人座っていた。

肩で切りそろえられた髪と、まだ幼さの残る顔つき。年は中学生ぐらいだろうか。小柄な体躯《たいく》だが、上に流行りのオーバーサイズのシャツを羽織っているため、なんだかアンバランスな印象を受ける。

白森先輩の目は――その少女へと向けられていた。

瞳には浮かぶのは、躊躇《ちゅうちょ》や葛藤《かっとう》。

自分がどうすべきか迷い、悩んでいるかのような――

「……あっ」

そこで——少女の方がこちらに気づいた。

やや気まずそうな表情を浮かべた後、ゆっくりとベンチから立ち上がり、こちらに歩いてくる。

「お久しぶりです、霞《かすみ》さん」

どこかよそよそしい挨拶《あいさつ》を述べ、軽く頭を下げた。

先輩はというと——

「久しぶり、和美《かずみ》ちゃん」

社交的な笑みを浮かべて挨拶を返した。

さっき一瞬見えた躊躇や葛藤は、いつの間にか消えていた。

嘘のように、消えていた。

「こんなとこで会うなんて、奇遇ですね」

「ほんとだね。驚いちゃったよ」

「霞さんもお買い物ですか？」

「まあ、そんなとこ。ちょっと学校の友達とね」

「そうですか——え？」

少女は淡々と話していたが、俺を見て固まる。

俺もまた反応に困り、気まずい沈黙が生まれた。

「えっと……霞さん、この人は……？」

「私の学校の後輩」

「……つまり」

「んー、まあ、そういう関係ってことだよね」

白森先輩は含みを持たせた言い方をした。

「友達以上恋人未満……ってところ？」

「……いや、俺に振らないください」

こんなタイミングで、そんなクリティカルなことを訊《き》かれても困る。

「はー……そうですか。まあ、そういうこともありますよね、霞さんももう、高校三年生なわけですし」

驚いたような感心したような、でも最終的にはどうでもよさそうな顔となる。

「黒矢くん、この子は紅川《べにかわ》和美ちゃんっていって、今中学一年生の女の子。和美ちゃん、こっちは黒矢総吉くんっていって、私の後輩で今高校二年生の男の子」

「あ……ど、どうも。黒矢と申します」

慌てて頭を下げる。年下だろうと初対面の相手には全力で敬語で挨拶してしまうのが、俺という男だった。

中一、か。

年下だろう、中学生ぐらいだろうとは思ったけど、まさか最低学年とは思わなかった。中一ならばむしろ成長が早い方だろう。

どこか大人びている。

そして。

どこか——白森先輩と似ている。

「初めまして、紅川です」

淡々と落ち着いた様子で挨拶をする紅川さんだったが、

「霞さんの……えっと」

言葉の途中で詰まってしまう。

すると、

「親戚、でいいんじゃないかな?」

助け船を出すように——あるいは機先を制するように、白森先輩は言った。

「……そうですね、親戚です」

やや苦笑気味に紅川さんは頷《うなず》いた。

なんだか——不思議な感じだった。

二人が話していると、妙に落ち着かない気分になる。

決して険悪なわけではなく、むしろ友好的なんだけど——でも、なにかがぎこちない。

表現しようのない独特な距離感と緊張感が、二人の間にはあった。

「和美ちゃん、今日は一人で来たの？」

「いえ……お母さんと来ました」

「ああ――やっぱりそうなんだ」

「今トイレに行ってて、待ってるところです」

一拍置いてから、紅川さんは言う。

「もうすぐ戻ってくると思いますけど、会ってきますか？」

「ううん、いいよ」

白森先輩は、即答した。

「もう帰るところだったから。電車の時間もあって、ちょっと急いでるんだ」

え？　と横を見てしまう。

白森先輩は平然としていた。

平然と――嘘をついていた。

まだ帰る時間ではない。

これからの予定は、行っても行かなくてもいいようなカラオケに行くという、至極どうでもいいものだけのはずなのに。

「どうせ来月も会うから、今日無理に会わなくてもいいよ。よろしく言っといて」

「……そうですか。わかりました」

紅川さんは静かに頷いた。

「じゃあ行こっか、黒矢くん」

「え……は、はい」

「またね、和美ちゃん。ばいばーい」

明るい声で別れを告げ、白森先輩は颯爽《さっそう》と歩いていく。

俺は紅川さんに軽く頭を下げてから、慌てて彼女を追った。

駅ビルから外に出て、しばらく歩く。

カラオケに向かうわけでも駅の改札口に向かうわけでもなく、白森先輩はただまっすぐ歩き続けた。

まるで——なにかから逃げるかのように。

「白森先輩……」

無言に耐えかねて、俺は口を開いてしまう。

「あの……大丈夫ですか？」

「…………」

すると彼女は、ぴたりと足を止めた。

ゆっくりと振り返る。

「大丈夫……じゃなさそうに見えちゃったかな?」

こちらを向いた彼女は、困ったように苦笑した。

「うーん、まいったな。いきなりだったから軽くテンパっちゃってさ。いつもだったら——もう少し上手くできるんだけど」

「…………」

「ごめんね、黒矢くん。変な嘘に巻き込んじゃって」

「いえ、それはいいんですけど」

心の奥底から湧き上がる不安に押し出されるように、俺は口を開く。

もしかしたら踏み込んではいけない領域かとも考えたけれど、それでも問わずにはいられなかった。

「……あの子、紅川さんって……白森先輩とどういう関係なんですか?」

単なる親戚とは思えない。

もっと深く繋がったなにかを、あるいはもっと深い溝を隔てたようななにかを、二人からは感じ取れてしまった。

「親戚……ってのは嘘じゃないよ。一応、親戚って言っても間違いじゃない。血はそこそこ繋がってるから」

白森先輩は言う。

薄く儚《はかな》い笑みを浮かべて。
「和美ちゃんは——私の妹」
お父さんは違うけどね。
と。
彼女は言った。
不自然なぐらいにあっさりと、どうということでもないように、言った。

第五章　惜別ノスタルジー

およそ半年前。

学校中が文化祭の準備に追われている頃――

「――私、お母さんいないんだ」

放課後の部室。

二人で文化祭に向けた部誌の編纂《へんさん》作業をしているときに、白森《しらもり》先輩は言った。

本当にあっさりと、言った。

「いないって……」

「ああ、別に、そこまで暗い話じゃないよ。普通に生きてるし、今でも定期的に会ってるし。

ただ、一緒には暮らしてないってだけ」

明るく、不自然なぐらいに明るく言う。

話の始まりは確か『いつから小説読んでますか？』みたいな会話だった。

俺《おれ》の方が大して面白くもないごくごく一般的なエピソードを語り、そして今度は白森先輩の番となったところで、彼女は己の過去の話を始めた。

「私が小さい頃……四歳のときに離婚しちゃってね、私はお父さんの方に引き取られたの。なにがあったかは知らないけど……まあ、いろいろあったんだろうね。当人同士にしかわからないなにかが」

滔々《とうとう》と語る。

まるで他人事のように。

まるで、架空の物語を読み上げるかのように。

今になって思い返せば――この頃の白森先輩は、少し疲れていたのだと思う。

疲れていたし、憔悴《しょうすい》していた。

去年の文化祭で――彼女は酷《ひど》く追い詰められていた。

周囲のせいでもあり、そして彼女自身に根付く問題でもあった。

そんな時期、だったからなのかもしれない。

白森先輩は唐突に、身の上話を始めた。

愚痴《ぐち》るみたいに、弱音を吐くみたいに、過去にこれこれこういう事情があったから私はこんな人間なんだよ、と言い訳するみたいに――

「今でこそ適度な距離感を保ってそれなりに上手くやってるけど……最初は大変だったよ。私、お母さん大好きだったからさ。夜になるたびに、ママに会いたい、ママに会いたいってギャン泣いて……お父さんをすごく困らせちゃった」

申し訳なさそうに言うけれど――申し訳なく思う必要などないと思った。

四歳の子供が母親を求めるのは、当然のことだと思う。

親の事情なんて、子供には関係ないのだから。

「そのときのお父さんは、子供から見てもわかりやすいぐらいに疲れ切ってた。当たり前だよね……ただでさえ離婚だ親権だって大騒ぎだったのに、今度は仕事しながら私の面倒も見なきゃだったんだから」

当然、というべきか。

辛いのは先輩だけではなかったらしい。

たった一人で仕事と育児を両立しようと奮闘し始めた父親もまた、環境の変化に対応しきれず疲弊《ひへい》していた。

幼い娘に悟られてしまうぐらい、あからさまに。

「私も……段々と泣いてられなくなってきてさ。お父さん、私が泣いても怒ったりしないで……すごく悲しそうな顔して、ずっと謝ってくるから。だから申し訳なくなったっていうか……なんだか、悪いことしてる気分になっちゃって」

まだ幼かった少女は、幼いなりに疲弊した父親に気を遣い始めたらしい。

それは優しさでもあり、同時に罪悪感でもあったのだろう。

「あんまりお父さんを困らせないように、あんまりお父さんの手を煩《わずら》わせないように、私はできるだけ一人で大人しく過ごすようにしようと思って――それで、本を読むようになった」

白森先輩は言った。

作業途中だった、手元の部誌を撫《な》でるようにしながら。

「最初は絵本だったけど、それだとすぐに読み終わっちゃうから、ちょっとずつ長くて難しい本を買ってもらって読むようにして……そうやって毎日一人で本を読んで過ごしてると、お父さん、よく私のこと褒めてくれたよ」


『霞《かすみ》は大人しくていい子だね』

『霞は他の子より大人なんだね』


白森先輩の父親は、そんな風に彼女を褒めたらしい。

その気持ちは――想像ぐらいはできる。

仕事と育児に忙殺《ぼうさつ》される日々の中、もしも子供が駄々《だだ》をこねずに大人しく本を読んでいてくれたら――『遊んでほしい』『どこどこに連れてってほしい』と騒がず、一人黙々と部屋で本を読んで過ごしていてくれたら。

それはきっと、親にとって大層ありがたいことなのだろう。

まるで、理想のような子供なのだろう。

「褒められるのは嬉しかったし、なによりお父さんがホッとしたような顔するからさ。『ああ、私が本を読んでるとお父さんは嬉しいんだ』って思って……どんどん、本を読むようになった。部屋で、一人で、ずっと……」

そう言う先輩は笑っていたけれど、なんだか寂《さみ》しそうに見えた。

どちらが悪いという話でも、あるいは、不幸な話でもないのだろう。

忙しそうな父親を気遣い、娘は一人で本を読んで過ごす子供となった。

父親はそんな娘を『いい子』と褒めて、娘はそんな父の感謝と期待に応えようと考え、さらに本の世界にのめり込んだ。

なにも間違ってはいない。

一つの家庭の形として、よくある話なのだと思う。

でも——どこか歪《いびつ》なように感じてしまうのは、どうしてだろうか。

「……あっ。でも別に、無理して本読んでたわけじゃないよ?」

そこで白森先輩は、思い出したように言葉を足した。

「本を読み始めたきっかけが、それってだけ。読み始めたらハマっちゃって、どんどんいろんな本を読むようになった。お父さんも、本だったらいくらでも買ってくれたからね」

それに、と続ける。

「どこか……期待してる部分もあったんだよね。夢見てる部分があった。お父さんの言うことをよく聞いて、『いい子』にしてれば……いつかきっとお母さんが帰ってきてくるんじゃないかって。また家族三人で、仲良く暮らせるんじゃないかって……そんなことを夢見てた」

バカみたいでしょ？

と言って、先輩は笑った。

酷く自嘲《じちょう》めいた笑みを見せられ、胸が締め付けられるように痛んだ。

「じゃあ、紅川《べにかわ》さんが妹っていうのは……」

「うん。いろいろ複雑だけど、妹って言えば妹って感じ。和美《かずみ》ちゃんは、私と半分血の繋《つな》がった妹。お母さんがうちのお父さんと別れた後に別の人と結婚して……その後に妊娠《にんしん》したのが、和美ちゃん」

「…………」

「別れて一年もしないうちに再婚して、そしてすぐ妊娠しちゃったんだよね、うちのお母さん。ていうか……詳しくは聞いてないけど、そもそも離婚の理由がうちのお母さんとその人の関係らしくて……」

「…………」

「あはは。ごめんね、こんな話されても困っちゃうよね」

「……いえ」

白森先輩は明るく笑い飛ばすように言うけれど、とても笑える話ではなかった。

場所は――駅前のカラオケ店の一室。

紅川さんと別れた後、俺達は当初の予定通り、カラオケへと向かった。

休日で店が混んでいたせいか、案内されたのはかなり狭い部屋だった。この前右京《うきょう》先輩と入った部屋の、半分ぐらいの広さしかない。

狭い密室で彼女と二人きり。

普段の俺ならば緊張と照れで軽いパニックに陥りそうなものだけれど――今はとてもそんな気分にはなれなかった。

「あーあ。せっかく黒矢くんとの初カラオケだっていうのに、なんか歌う空気じゃなくなっちゃったよね。まあ元からあんまり歌う気もなかったけどさ」

空気を重くしてしまった責任を感じているせいなのか、白森先輩はいつも通りに明るく――いや、いつも以上に明るく振る舞おうとしてくれる。

「……紅川さん」

「ん?」

「ああ、いや、紅川さんと……妹さんと、普通に知り合いなんですね」

紅川和美。

白森霞の――異父姉妹。

去年の文化祭時期に、母親は別な人と再婚して家庭を持っているという話までは聞かされていたけれど――妹がいることまでは知らなかった。

ましてその妹と、普通に会話できるような関係性だったなんて。

「……普通かどうかはわからないけど、まあ、知り合いだね」

白森先輩は困ったように笑う。

「お母さんとは今でも定期的に会ってるし、私、母方の実家にも顔出してるからさ。だから……どうしても向こうの家族とも顔合わせちゃうことがあって。避けるのも変だから、普通に接してるつもりではいるんだけど……まあ、なんか気まずいよね」

「…………」

「ていうか、私より和美ちゃんの方が気まずいと思うよ。どんな顔して会ったらいいかわかんないでしょ？　自分のお母さんの前の旦那《だんな》との子供なんて」

それを言ったら、白森先輩も同じだろう。

自分のお母さんの、後の旦那の子供。

ふと、先ほどの二人の邂逅《かいこう》を思い出す。

改めて考えてみれば――二人とも少し間《ま》があったと思う。

相手の存在に気づいてから、どちらも一瞬躊躇《ちゆうちょ》した。

まるで。

声をかけるかどうか迷っているかのような。

どうにかして会話せずに通り過ぎる方法を、頭の中で練っているような。

「一応、こっちが年上でお姉ちゃんだから、頑張《がんば》って仲良くしなきゃって思ってるんだけど、なかなか難しくてさ……。なんていうのか、向こうの遠慮とか気遣いとかがひしひしと伝わってきて、そのせいで変な距離ができちゃってる感じで……」

遠慮し気を遣っているのは——白森先輩も同じなのだろう。

お互いがお互いに、負い目みたいなものを感じて気を遣っている。

独特の緊張感と距離感の正体が、わかったような気がした。

「……お母さんには、会わなくてよかったんですか？」

俺は問う。問うてしまった。どこまで踏み込んでいい問題なのかわからなかったけれど、気がつけば口を開いてしまっていた。

「さっき、あの場にいたんですよね？」

「……んー。まあ、さっきも言ったけど来月会うからね。夏休みには毎年会うようにしてるから」

「でも、だからって——」

「それに」

俺の言葉を遮《さえぎ》るように、白森先輩は続けた。

「今日は……心の準備ができてないからさ。お母さんに会うのは、メンタル作ってからじゃないと、ちょっと難しくて」

「…………」

冷たい風が、胸の奥を通り抜けていくような気がした。

心の準備？

メンタルを作る？

それが……実の母親に会う前に必要だというのか。

本来ならば、誰よりも心を許せて、誰よりも飾らずに接することができるのが、親であり家族というものではないのだろうか。少なくとも――俺はそうだ。自分の母親と会話する前に、心の準備をしたりはしない。

でもそんな『当たり前』は、俺という個人の、狭い世界での常識でしかなかったらしい。

「……別にさ、お母さんのことが嫌いってわけじゃないんだよ？」

まるで言い訳するみたいに、先輩は続けた。

「お母さんなりに事情があって離婚や再婚を決断したんだと思うし、私がとやかく言うのも違うかなあ、って」

悟った風に言う。模範解答のようなことを言う。

なんというか――すごく大人びた解答だと、そう思った。

「恨《うら》んでるわけじゃないけど……ただ、どう接したらいいのか、ちょっと迷うときがある。和美ちゃんと一緒にいるのを見ると……どうしても思っちゃうから。『ああ、この人はもう、私のお母さんじゃないんだ。お父さんじゃないパートナーがいて、私じゃない子供がいて、新しい家族で新しい母親になってるんだ』って」

離婚後も定期的に子供と会う。

それは母親としての権利であり、そしてある種の義務でもあるのだろう。

向こうは一人の母親として、生みの親として、白森霞に接しようとしている。

でも先輩の方は――立ち位置に迷っている。

新しい家族がいる女性を、どこまで母親として扱ったらいいのか、答えを見つけることができずに苦しんでいる。

「誰が悪いって話でもないんだろうけどね」

独《ひと》り言《ごと》のように先輩は続けた。

「お父さんもお母さんも特別悪いことしたわけじゃないと思うし……もちろん和美ちゃんだってなに一つ悪くない。みんなそれぞれの事情を抱えながら一生懸命生きてるだけで……それなのになんか、上手く飲み下せなくてモヤモヤする感じ……」

「…………」

「あはは。いっそ誰か、思い切り悪い人がいたらよかったのかもね。明確に『こいつが悪い』って人がいれば、その人を恨んで憎んで、攻撃したり呪ったりして、気持ちをすっきりさせられたかもしれない……」

笑い話のように語るけれど、その声は、笑顔は、なんだかとても空虚《くうきょ》で、無性《むしょう》に寂《さみ》しいものであった。

勧善懲悪《かんぜんちょうあく》のフィクションとは違い、現実には——わかりやすい悪党なんて、そうそういるものではない。

殴って説教すれば気持ちがスカッとする悪党なんて、滅多《めった》に存在しない。

誰だって懸命に、不器用ながらも日々を生きていて——その結果、悪意がなくても犯意がなくても、誰かを傷つけてしまうときがある。

歯車が一つ噛《か》み合わないせいで全体に不協和音が走り、人間関係に歪《ゆが》みを引き起こす——そんな例は、きっと世界にありふれているのだろう。

白森霞の物語に——わかりやすい悪党はいなかった。

悪意をもって人間関係を破綻《はたん》させようと考える者なんて一人もいなかった。

それはある意味では、とても幸福なことなのだろう。

でも世界は、人間は、そう単純にはできていない。

悪意には悪意で返せばいい。

悪意のせいで傷を負ったならば、悪意の元を断てばいい。悪意を根絶できずとも、その者を恨み憎むことで心のバランスを取ればいい。

しかし。

悪意なき世界で傷を負ってしまったとき、人は果たして、どうすればいいのだろうか？

「……ごめんね、なんか盛り下げちゃって。せっかくの初デートなのに」

俯《うつむ》いたまま、それでも意図的に作り上げたような明るい声で、白森先輩は言った。こんなときでも、こちらを気遣ってくれている。

俺は――どうしたらいいかわからなかった。

強がった笑みを見せる彼女に、どんな言葉をかければいいのかわからない。

普段から本を読んでるくせに――一冊とは言え本を出したプロ作家のくせに、気の利いた言葉一つ思いつかない。

己の無力さが恨めしい。

頭が真っ白になってる――というわけではない。

次から次へと言葉は思いつくけれど、それが口から出ていかない。

『こんな言葉じゃなんの慰めにもならない』『彼女のプライベートな問題にどこまで踏み込んでいいのか』……そんなことばかり考えて、なにも言えぬまま黙りこくっていることしかできない。

頭でっかちな自分が、つくづく嫌になる。

なにも言えない。

所詮《しょせん》部外者で、単なる学校の後輩に過ぎない俺には――彼氏と言ってもお試しでしかない俺には、なにかを言える資格なんてない。

だから。

だからこそ。

せめて――

「……えっ」

白森先輩は驚き、戸惑《とまど》いの声を上げた。

無理もない。

隣にいた男が――いきなり抱き締めたのだから。

ぎゅっ、と。

肩に手を回し包み込むようにして、強く抱き寄せる。

震える手に力を込めて、心を必死に奮い立たせて。

「く、黒矢くん……？」

焦り上擦《うわず》った声で、腕の中の白森先輩は言った。

「くっつきたいときは、いつでもくっついていいんですよね？」

俺の声も震えている。

緊張と不安で、今にも心臓が口から出てきそうだった。今すぐこの場から逃げ去りたい衝動に駆られるが、そんなプレッシャーを強引に飲み下し、手に力を込め続けた。

「…………」

返事はない。

でも抱き締められている白森先輩の体から、徐々に強《こわ》ばりが溶けていくのを感じた。拒絶はされていない……と思う。そう信じたい。

俺はまた少しずつ、おっかなびっくり腕の力を込めていく。

抱き締めたのは初めて——というわけではない。

先月うちに遊びに来た際、母親の帰宅というアクシデント回避のために思い切り抱き締めてベッドに隠そうとしたことはあったけれど——あのときは焦りに焦りまくってて、五感を働かせている余裕もなかった。

でも今は違う。

理性は妙にはっきりしていて、五感は異様なほど鮮明に働く。

俺の体全部が、彼女を感じ取ろうとしている。

腕全体で感じる彼女の体は、服越しでも十分わかるぐらいに柔らかく、そして温かかった。

長く艶やかな髪からは甘くいい香りが漂ってくる。いつもはかすかに感じるだけの、白森先輩の香り。それが今はとてつもなく近くに感じられた。

全身で感じる体温と匂いに、脳が沸騰《ふっとう》してしまいそうになる。

「……白森先輩は」

俺は言う。

お試し彼氏でしかない俺には、なにかを言う資格なんてない。

人様の家庭環境に対して偉そうに説教できる立場ではないし、状況を劇的に改善させるような素晴らしい打開策を言えるわけでもない。

でも。

それでも――言おう。

資格がなくても、言いたいことを言おう。

腕の中にいる最愛の人に、伝えたいことだけは伝えよう。

「本当に優しい、ですね」

「……優しい?」

「さっき、言ってましたよね。『いっそ誰か悪人がいればよかったのに』って」

誰か悪人がいたら。

明確に『こいつが悪い』という人がいたら。

その者を恨んだり憎んだりすることで、心のバランスを保てた、と。

「でも――『悪人がいない』って思えるのは、『誰も悪くない』って思えるのは、先輩が心優しい人だからだと思います」

「……………」

「善悪なんて、見る人次第ですから」

相手が悪人か善人か――そんなものは見る人の立場は都合、そして人間性などでいくらでも変わる。

たとえば白森先輩と同じシチュエーションに放り込まれたとして――抱《いだ》く感情は人それぞれだろう。

特定の誰かを、あるいは周囲の全てを、恨み、憎み、呪う人もいるかもしれない。

もしも俺が同じ状況に立たされたなら……自分勝手な母親を恨み、義理の妹に嫉妬《しっと》し、不甲斐《ふがい》ない父親に不満を溜めたことだろう。

周囲の人間を否定することで、必死に自分だけを正当化しただろう。

でも先輩は『誰も悪くない』と言う。

誰かを嫌うことも憎むこともしないし、自分を正当化するために誰かを否定したりもしない。

「……私が優しい？」

少しの沈黙の後、白森先輩は複雑そうな苦笑を浮かべた。

「優しい、とはまた違うと思うけどなあ。私ほど小賢《こざか》しくて打算的な人間もいないと思うよ？」

「そんなことないですよ」

「優しいんじゃなくて――空気を読んでるだけだよ。『相手とぶつかることを怖がって、自分の気持ちを言うのを億劫《おっくう》がって、波風立てないように『大人の対応』してるだけだから。大人ぶることで……いろいろなことを誤魔化《ごまか》してるだけ。周囲を気遣ってるようで、実際は自分のことしか考えてない」

「……仮にそうだとしても、俺はそんな先輩のことを『優しい』って思いました。そう思ったのは……俺の勝手なんで」

俺は言う。

「俺が好きな作品《ひと》のこと、それ以上悪く言わないでくださいよ」

「…………」

「たとえ作者《あなた》自身が否定しようと、作品《あなた》をどう思うかは読者《おれ》の勝手ですから」

——私が好きな作品のこと、それ以上悪く言わないで。

——私にとって好きな作品を決めるのは——私。

——誰がなんて言おうと関係ない。

——たとえ、作者本人が否定しようと……私が好きだと感じたら、それが私の好きな作品。

去年。

夢に溺《おぼ》れて夢に挫折した俺は、暗闇《くらやみ》の中にいた。

勝手に絶望し、勝手に恥だと思い込み、無駄で無意味なものだと決めつけて切り捨てようとしていた過去——それを肯定してくれたのが、先輩の言葉だった。

優しくも厳しく、それでいて激しく温かな激励《げきれい》。

色褪《あ》せて真っ黒になっていた心に差し込んだ、一条の真っ白な光。

あの日から、俺の心は色彩を取り戻した。

もう一度——夢を追いかけようと思えた。

白森先輩は、自暴自棄になっていた俺と、真正面から向き合ってくれた。

だから俺も——きちんと向き合いたい。

気の利いたことは言えなくても、飾らない言葉で、剝《む》き出しの本音で、大好きな人に応えたい。

「……ぷっ。あはは」

やがて先輩は、噴《ふ》き出すように笑った。

「一本取られちゃったな。まったく……後輩のくせに生意気なんだから」

「……こういうときに後輩どうこう言うのはなしでしょう」

「そうだね。今は後輩じゃなくて、彼氏だもんね」

「……お試しですけどね」

「ふふ。そうでした」

幸せそうな笑い声を漏らした後——ぎゅっ、と。

白森先輩が俺の俺の背に手を回して、抱き寄せるようにしてきた。

俺と同じように、あるいはそれ以上の力で、抱擁《ほうよう》を返してくる。

突然のことに心臓が跳ね上がるも——その動きを封じるみたいに、俺の胸に白森先輩の胸を押しつけられるようにされた。

体の密着度が、さっきまでとは桁《けた》違い。

俺の抱擁なんぞただのごっこだったと言わんばかりの、熱烈な抱擁だった。

「ちょっ……」

「優しい、かあ」

慌てふためく俺を無視して、白森先輩は独り言のように呟《つぶや》く。

蕩《とろ》けるような、甘い声で。

「不思議だね。黒矢くんに言われると、なんだか本当みたいに思えちゃうなあ」

そんな言葉と共に、抱擁がまた少し強くなる。

俺はどう返したらいいかわからず……とりあえず、もう一度彼女を抱き締めた。

無言のまま、抱き合う。

プロ作家としてのリデビューを目指す者がこんなことを言ってはいけないのかもしれないけれど……相手から伝わる温もりが、どんな言葉よりも雄弁に心を繋げてくれているような気がした。

そのまま俺達は、残り十分を知らせる電話の音が部屋に響くまで、二人でずっと抱き合い続けてしまった。

せっかくの初カラオケにだというのに、結局一曲も歌わなかった。

でも俺達にとっては忘れられない、これ以上ないぐらい満ち足りた時間だったような気がした。

○

『ごめんね、霞。お母さんはもう、二人とは一緒に暮らせないの』

『本当にごめんね』

『泣かないで……これでお別れじゃないから』

『これからもお母さんとは会えるわ』

『お母さんも霞のことは大好きよ』

『だからお父さんの言うことを聞いて、いい子にしてて』

お母さんは、そんな言葉を残して私の前からいなくなった。

幼かった私は『いい子にしてれば、いつかきっとお母さんが帰ってきてくれる』と自分にとって都合よく解釈したけれど、全然そんなことはなかった。

和美ちゃんといるお母さんを見たとき――強制的に理解させられた。

お母さんはもう帰ってこない、と。


『霞は大人しくていい子だね』

『霞が他の子より大人なんだね』

『霞が聞き分けのいい子で、本当に助かったよ』

『ほら、また霞が好きな本を買ってきたよ』

『いつも遊んであげられなくてごめんな……』

『……そうか、ありがとう』


お父さんはそんな風に私を褒めてくれる。

褒められるのは嬉しかったし、それに、私に構ってあげられないことを申し訳なさそうにしているお父さんを見るのが辛かったから――私はどんどん、一人でなんでもやるようになった。

手のかからない子になろうと、頑張った。

『やっぱり白森さんは頼りになるなあ』

『霞ちゃんに任せておけば安心だね』

『白森さんってしっかりしてて大人っぽいよね』

『霞がいてくれると、助かるよ』

『白森さんは私達と違うからね』

『いいよねえ、誰とでもすぐ仲良くなれて』


周囲の友達は、私のことをそんな風に評する。

空気を読んで当たり障りなく日々を過ごし、他人から求められる自分を演じ、誰とでもそれなりに上手くやってしまう私のことを、『大人っぽい』と褒めてくれる。

嬉しくないわけじゃないけれど——どうしてか素直には喜べない。

なんだか無性に、虚《むな》しくなってしまう。

求められるから演じて、演じるからまた求められて。

それの繰り返し。

なにも問題はないはずなのに。

私さえきちんと『いい子』で『大人』でさえあれば、世界は滞りなくスムーズに進行していくのに。

どうしてこんなにも虚しいのだろう。

どうしてこんなにも——世界の色彩が薄く見えてしまうのだろう。

どうしてこんなにも——自分が薄っぺらく見えてしまうんだろう。

どうして、どうして、どうして——

とか。

そんなことを、頭の奥でずっと考えていた。

心の隅っこの方に、拭《ぬぐ》っても拭っても拭いきれない虚しさがこびりついていた。

そう。

彼に出会うまでは。


仙台《せんだい》駅。

「……あっ。電車行っちゃったね」

階段を昇ったり降りたりして目的のホームに出ると、ちょうど電車が発車したところだった。

「ギリ間に合わなかったかあ」

「次は……二十分後ですね」

隣の黒矢くんがスマホ片手に言う。

次の電車を調べてくれたらしい。

この行動の早さは、おそらく最初から間に合わないことを想定していたからだろう。準備がいいというのか、諦《あきら》めが早いというのか。

「じゃあ、座って待ってようか」

私達はホームにあったベンチに並んで腰掛ける。

電車が行ったばかりだからか、周囲には誰もいなかった。

周囲は人や電車の騒々しい音で満ちているけれど、夕日が差し込むホームには、なんだか静謐《せいひつ》な雰囲気があった。

「……予定より遅くなっちゃうね。向こうについたら、なんか食べようか」

「いいですけど……大丈夫なんですか？」

「うん、ちゃんと連絡すれば大丈夫。黒矢くんは？」

「俺もたぶん大丈夫です」

「そっか」

「はい……」

それっきり、なんとなく会話が尽きてしまう。

うう……気まずい。

カラオケを出てから、なんとなくずっと気まずい。

だいぶ恥ずかしいことをしてしまった気がする。

まさか――ハグを経験してしまうなんて。

黒矢くんがあんなに男らしい一面を見せてくるなんて。

思い出すだけでも顔が熱くなってくる。

でもそれは――どうやら黒矢くんの方も同じらしい。下手すれば私よりずっと、気まずそうで恥ずかしそう。カラオケ店を出てから、一度も目を合わせてくれない。

悶絶《もんぜつ》と懊悩《おうのう》を仏頂面《ぶっちょうづら》で必死に隠そうとしている様子があまりにわかりやすくて、そんな彼を見ていると、私の方は少し気持ちが落ち着いてくる。

「…………」

少しだけ冷静になった頭で、カラオケ店での会話を反芻《はんすう》する。

優しい。

黒矢くんは私を、そんな風に評してくれた。

ありがたいことだとは思うけれど、こんな私を『優しい』と思ってくれるのは――他でもない黒矢くん自身が、優しい人間だからだと思う。

優しい。

黒矢くんは、本当に優しい。

優しくて、繊細で、情緒豊かで。普段はなにかとクールぶってつっけんどんに振る舞っているけれど、本当はすごく温かい心を持った男の子。

ふと思い出す。

彼が書いた小説――『黒い世界で白いきみと』を。

その内容は……一言で説明するのはとても難しい。

不器用で上手く社会や学校に馴染めない子供達が、不器用ながらも必死に足掻《あが》き、藻掻《もが》いて、それでも前に進もうとする物語。

無理にジャンル分けしたら、『青春モノ』となるのだろうか。

本人は『全然売れなかった』と言っているけれど……正直、それは少しわかる。とても売れ線とは言えない内容で、タイトルやあらすじのキャッチーさにも欠ける。

知り合いの本じゃなかったら、私も買って読もうとは思えなかったと思う。現に私は、この本が発売していた事実すら知らなかったわけだし。

売れなかった本で、お世辞《せじ》にも万人向けする内容とは言いがたい。文章や設定に稚拙《ちせつ》な部分は散見されたし、最後のオチにしても『……え？　これで終わり？』と肩すかしに感じる人も多そう。

でも。

人には大変薦《すす》めにくい本。

私には――刺さった。

彼の優しい物語に、感銘《かんめい》を受け、感動した。

作者の人間性と作品内容を絡めて語るのは私の主義に反するのだけれど……それでも作者を知っていれば、どうしたって絡めて考えてしまう。

彼の優しく温かな人間性が、滲《にじ》み出ているような本だと思った。

わかりやすくはないし、オチですっきりもしない。

シンプルな勧善懲悪でもなければ、痛快で爽快なエンタメでもない。

でもそれは、なんというのか、上手く言葉にすることはできないけれど……『肯定』の物語だったように思う。

否定ではなく、肯定してもらえる物語。

不器用な人が器用になったりせず、不器用なまま進んで行く物語。

間違った道を進もうとしている人を正すのではなく、『世間一般では間違いって言われてるけど、そっちの道も面白そうだよね』と背中を押してもらえるような、そんな物語。

正しさや普通を押しつけられず。

価値観や常識を強制されず。

変化や成長を過度に美化しない。

ちょっと変わった子供達が、ちょっと変わったまま前を向くお話。

彼らしい作品だと、私は思った。

彼らしい優しい作品だと、私は思った。

今になって思い返せば。

この本を読んだときから、私は――

「――白森先輩」

と。

かなり深く物思いに耽《ふけ》っていた私を、現実に引き戻す声。

「ん。どうしたの？」

振り返ると、黒矢くんは私の方を見ていなかった。

声をかけてきたのに思い切り反対側を向いており、

「……これ」

と素《そ》っ気《け》なく言って、小さな紙の包みを手渡してきた。

「え……、な、なにこれ？」

「……プレゼント、です」

戸惑いつつも袋を受け取った私に、黒矢くんは恥ずかしさを必死に堪《こら》えているような声で告げた。私はますます戸惑う。

「え？　え？　プレゼントって……なんの？」

「なんのってわけでもないですけど……まあ、なんか、ちょうど付き合って一ヵ月ぐらい経ったので……その、記念的な」

「…………」

「……いやあの……す、すみません。やっぱ返してください。キモいですよね。たかが一ヵ月ぐらいで記念だなんだって……ドン引きしますよね」

「あぁっ、ち、違う違うっ！　引いてないからっ！　驚いただけっ！」

私の沈黙をドン引きと勘違いしたらしい黒矢くんが、今にも泣きそうな顔で返却を迫ってきたので、慌てて否定する。

本当に驚いた。

驚きすぎて、上手く言葉が出てこない。

「……やー、びっくりしたなあ。まさか黒矢くんが、こんなサプライズ用意してくれてたなんて」

改めて受け取った小袋を見つめる。

「これ、今開けてもいい？」

「……どうぞ。あ、あんまり期待しないでくださいね。ほんと、全然、大したものじゃないんで……」

謙遜《けんそん》全開の黒矢くんを尻目に、袋を開く。

「……わあっ」

中に入っていたのは——白熊のキーホルダーだった。

白いメダルみたいな形状で、熊の顔のシルエットを描いている。

愛らしいんだけどそこまで主張は強くなくて、たとえば通学リュックにつけてても目立ちすぎない、センスのいいデザインだと思った。

「かわいいっ」

「……一応、リバーシと熊がモチーフのキーホルダーらしいです。なにかしら、俺達に縁があるものがいいと思って」

なるほど。

言われてみれば確かに、熊の顔がリバーシの白い石のようにも見える。

確かにあの白と黒の盤上遊技は、私達にとってかなり縁が深いアイテムだろう。

「……ん？　リバーシ？」

白と黒の盤上遊技。

私がもらったものは、白い熊。

「ってことは、まさか」

「…………」

無言のまま気まずそうに、ポケットからキーホルダーを取り出す。

私とほとんど同じデザインのものだけど——色だけは違う。

彼の方は、黒い熊の顔。

私がもらったものと、色違い。

「お揃《そろ》いなの⁉」

「…………」

「へえ、へえー。なんかびっくり、まさか黒矢くんが、こういうのプレゼントしてくれるなんて」

お揃いとかペアルックとか、そういうのは嫌いだと思っていた。

「……すみません、やっぱ返してください。ないですよね、キモいですよね、お揃いのキーホルダーとか……」

「いやだから、引いてないってば！　喜んでるの！」

もうっ！

なんでそんなにビクビクするかな！

私がどれだけ喜んでるか伝わってないの？

「すごく嬉しいよ、ありがとう黒矢くん」

「……ど、どういたしまして」

「でも、ごめん。私の方はなんにも用意してないや……」

付き合って一ヶ月ってことには気づいてたけど、サプライズでプレゼントを用意するという発想には至らなかった。

「いや、気にしないでください。俺が勝手にやっただけなんで」

そう言ってくれるけれど、こっちは複雑な気分。

失敗したなあ。

すごく申し訳ない気持ちと――それとは別に悔しい気持ちもある。

むう。

完全にしてやられた。

粋《いき》な真似をしてくれちゃって。

すっごくドキッとしちゃったじゃないか。

また一つ好きになってしまったじゃないか！

なんで普段はちょっと頼りなくて積極性に欠けるくせに、いざってときだけグイグイと格好いいことしちゃうのかな、この子は⁉

さっきのカラオケでのハグもそう！

肝心なときだけやたら格好いい！

もうっ！　もう～～～っ！

「……じゃあ、せめてものお返しね」

高鳴る鼓動と動揺を悟られぬよう、しっとりとした声で私は言った。

ゆっくりと両手を伸ばし、彼の顔に触れた。

両の頰《ほお》を、優しく包み込むようにする。

「今は、このぐらいしかできないから」

「……え、なっ」

手の中の彼は、目を丸くして白黒させる。

私は目を閉じて、徐々に顔を近づけていき、唇《くちびる》と重ね——ると見せかけて。

むに、と。

彼の頬を軽く抓《つね》った。

前に部室でやったみたいに。

「むにむに」

「…………」

「むにむに～～」

「……な、なんでふか、これは？」

「んー？　なにって」

愛情込めたマッサージ、と。

私は言った。

語尾にハートマークをつけるようなテンションで。

「……そーでふか」

黒矢くんはどっと疲れたような顔となった。

「あれー？　なんだかがっかりしてるけど、なにか別なこと期待してた？」

「……べふに」

頬を摑《つか》まれたまま拗《す》ねたように言う彼は、なんだかとてもかわいかった。

……サプライズでプレゼントをもらっておきながら、自分が悔しいからってこんなからかい方をしてしまう私は、本当に性格が悪い女子なのかもしれないけど、どうしても欲望が抑えきれなかった。

ごめん、黒矢くん。

悪いとは思ってるんだけど……止められないのっ。

「むにむに～」

「い、いつまでやっへるんでふかっ」

「ねえねえ、学級文庫って言ってみてよ」

「だから言いまへんって！」

強く叫んでから、強引に顔を引く。

自分の頬を撫でながら、

「まったくもう……白森先輩って——たまにすげえ子供っぽいですよね」

と、黒矢くんは言った。

私は——ふと、呆気《あっけ》に取られてしまう。

向けられた言葉の意味を、理解するのに時間がかかった。

たぶん、初めて言われた言葉だったからだと思う。

「……子供っぽいかな？　私？」

「ええ、めちゃめちゃ子供っぽいですよ」

「みんなからはよく『大人っぽい』って言われるんだけどね」

「みんな、見た目と雰囲気に騙《だま》されてるんじゃないですか？　細かい悪戯《いたずら》をちょくちょく仕掛けてきて、人が困ってるのをにやにや楽しんで……ただの子供ですよ、子供」

照れた顔で拗ねたように言う黒矢くん。

たぶん、深い意図なんてなにもないのだろう。私にからかわれたのが悔しいから、ムキになって反論しているだけ。

でも、そんな何気ない言葉だからこそ——飾らない本音だからこそ、私の心の奥底に、深く深く突き刺さってしまった。

最初は理解できなかった言葉が、徐々に徐々に溶け出して、心に染み渡っていく。

「……そっかぁ。そうかもね」

私はつい、笑ってしまう。

「黒矢くんの前でだけは、子供っぽくなっちゃうのかもなあ」

「……どういう意味ですか？」

「いろんな意味」

私が言うと、黒矢くんは不思議そうな顔をしていた。たぶん私が……これ以上ないぐらい幸せそうな顔になってしまったからだと思う。

小さい頃からずっと——大人びていた。

大人になりたいと思ったし、周囲からもそう求められていた。

無理してでも背伸びしてでも、大人っぽく振る舞おうと思って生きてきた。

その生き方が、全部間違ってたとは思わない。

周囲から『大人びている』と評されることが嬉しくないわけじゃなかったし、複雑な事情の家族に対し『大人の対応』をしている自分が、なにからなにまで間違っているとも思わない。

でも。

そんな私にも、『子供っぽい』部分はあったらしい。

私自身でも気づいていなかったそんな部分を、黒矢くんには見つけられてしまった。

あるいは——彼と出会ったことで生まれた、新しい私なのか。

大人ぶって生きている私だけれど、黒矢くんと一緒にいる間は、どうやらただの子供になってしまうみたい。

好きな子だからこそからかってしまうような、どこにでもいるような普通の子供に。

第六章　担当チェンジング

デートから帰った日の夜――

一本の電話がかかってきた。

少しぐらいはデートの余韻《よいん》に浸っていたい気持ちもあったけれど、文句は言えないだろう。完全に向こうの善意でやってもらっていることなのだから、俺《おれ》の方が相手の都合に合わせるのは当然のことだ。

『――気になったのは、その二点ぐらいかな。まあ本当に細かい点だし、俺が個人的に気になったってレベルだから、直すか直さないかは黒矢《くろや》くんの判断に任せるよ』

自室でノートPCの前に座っていた俺は、電話口の声にホッと胸を撫《な》で下ろす。

相手は――海川《うみかわ》レイク先生。

複数の出版社で十年近く書いているベテラン作家で、小説のみならず漫画原作やゲームシナリオなども手がけ、その活躍は多岐にわたる。

俺にとっては、唯一と言っていいプロ作家の知り合い。

中学時代――

ネットに掲載していた小説が出版社からのスカウトを受け、俺はプロ作家として本を出すこととなった。

しかしそのデビュー作は――爆死。

絶賛ばかりだった担当編集も、売り上げがわかった瞬間にてのひらを返し、俺のことなど全く相手にしなくなった。

一度は筆を折る決意をしたが、でもいろいろあって――去年の文化祭終わりぐらいから、また小説を書き始めていた。

もう一度、プロを目指そうと思った。

そんな俺が藁《わら》にも縋《すが》るような気持ちで頼ったのが、海川先生だった。

「じゃあ三章も、全体的には問題なしってことで大丈夫でしょうか?」

『そうだね。全体的な流れは全く問題ない。面白《おもしろ》かったよ』

「ありがとうございます。指摘された二点、自分でももう一回検討しながら、続きも書いていきます」

今俺は、海川先生に小説を添削《てんさく》してもらっている。

もう一度本を出したいという気持ちを相談したところ、付き合いのある編集部を紹介してもらえることになった。

『俺を納得させられるクオリティーの作品が書けたら』という条件つきで。

それから俺は、ずっと海川先生に原稿を見てもらっている。

まずはプロットの提出から始まり、何度も何度もボツを食らいながら、ようやく原稿執筆にこぎ着けた。

ボツ地獄だったプロット段階でかなり作品を煮詰めたおかげなのか、原稿に入ってからの直しは少ない。

第一章を何度か直したぐらいで、二章、三章はほとんど直しはなし。

着々と――原稿の完成に近づいている。

「四章はもう書き始めてたんで、今月末までには送れると思います」

意気揚々《ようよう》と言った俺に対し、

『……そのことなんだけどさ』

海川先生は少し言いにくそうに言う。

『続きはもう、俺に送ってこなくていいよ』

「……え？」

『そろそろやめ時かと思ってさ。きみの小説をこうやって添削して、指導して、編集者の真似事みたいなことをするのも』

「…………」

『最近、またちょっと忙しくなってきちゃってね。時間を作るのがなかなか難しくなってきたんだ。添削も指導も、雑にやるぐらいならやらない方がいいから、ここらでスパッと終わらせようと思ってさ』

「……そう、ですか」

気の抜けたような返事しか出なかった。

正直、予想以上にショックが大きい。

着々と目的地に向かって昇り続けている途中で、いきなりハシゴを外されたような喪失感がある。

でも——怒りは湧いてこない。

むしろ、当然だとさえ思う。

今までが異常だったんだ。

異常なぐらい、俺にとって都合がよかった。

本人は『慈善事業じゃない。俺にメリットがあるからやってるだけ』と偽悪的に言ってくれていたけど、実際は慈善事業以外のなにものでもなかったと思う。

一円にもならないのに、俺みたいな新人作家の面倒を見てくれた。プロットを作る段階から、添削と指導を繰り返してくれた。

たとえ相手の都合で急遽《きゅうきょ》打ち切られたとしても、文句など言えるはずもない。

感謝以外、俺が口にすべき言葉はない。

「……わかりました。今まで、本当にありがとうございました」

『ははは。いいよ。そんなにかしこまらなくて』

「難しいかもしれないですけど……ここからは、どうにか一人で頑張《がんば》っていきたいと思います。作品が完成したら、どこかの新人賞にでも応募して、一から出直すような気持ちで――」

『……へ？　一人？　新人賞？』

海川先生は素《す》っ頓狂《とんきょう》な声を上げた。

しばし考え込むような沈黙があってから、

『あーっ、ごめんごめん、ちょっと言葉が足りなかったね』

と慌てて付け足した。

『もしかして……俺が黒矢くんに見切りをつけたって思っちゃった？　原稿のチェックも投げ出して、編集部を紹介する約束もなかったことにしようとしてるって』

「え……いや、まあ」

『あはは。そんな無責任なことはしないよ。やめようって言ったのは、あくまで俺の編集者ごっこのことだ』

海川先生は言う。

『これからは俺とじゃなくて――ちゃんとした本業の編集と一緒に作品を作っていった方がいい』

「ちゃんとした、本業の……それって、つまり」

『紹介するよ、編集部。俺の名前で、俺のコネで、きみを推薦する』

海川先生は言った。

俺の方は、呆気《あっけ》に取られて言葉に詰まってしまう。

『なんだよ、嬉しくないのかい?』

「……う、嬉しいですけど、いきなりすぎて……。だって……紹介してもらえるのは、海川先生が納得できる原稿を完成させてからだって……」

『そのつもりだったけど、これ以上俺がいちいち添削してもしょうがないと思ってさ。プロットや第一章はずいぶんと直したけど、最近はほとんど手直ししてないだろ?』

それは……その通りだった。

第二章、第三章で大きな直しはなかった。

今日指摘された部分も、『少し説明不足だから、言葉を足してわかりやすくした方がいい』とか、その程度のもの。

『この半年で、黒矢くんはずいぶんと上達した。俺が教えられるのなんて、商業的なマーケティングの話と、技術論の部分でしかなかったけど……指導したことを素直に吸収してくれるから、教えてて楽しかったよ』

「いえ、そんな」

『でも——だからこそ、楽しい遊びはもう終わりにしなきゃね』

「遊び……」

『遊びだよ。俺にとってのね』

どこか自嘲気味に、海川さんは言う。

『なんの責任もリスクもない立場で、上から目線で善意振りかざして指導するっていうのは、結構な娯楽なんだぜ？　ＳＮＳとかでも溢《あふ》れかえってるだろ？　誰も頼んでないのに勝手にアドバイス始める奴』

「………」

わからない話ではなかった。

なんの責任もない立場から一方的にするアドバイスは、確かにやっていて気持ちのいいことだと思う。

だとすれば海川先生にとって、俺の原稿に対する添削や指導は、確かに娯楽としての側面もあったのかもしれない。

でも——

「仮に海川先生にとって息抜きの娯楽だったとしても、俺にとっては本当にありがたいことでした」

『そう言ってもらえると嬉しいよ。でもね、これはやっぱり遊びでしかないんだ。報酬も責任もない仕事は、どうやっても遊びの域を出ない』

「…………」

『黒矢くんがもう一度プロとしてやっていきたいと思うなら、いつまでも俺とやってちゃダメだ。ちゃんと責任感のあるプロフェッショナルと——本物の編集者と、二人三脚で作品を作っていった方がいい』

少し強い声で言った後、

『まあ、それはそれとして……完成原稿になってから持ち込まれても編集部が困る、って部分もあるんだけどね。レーベルや担当編集によって販売戦略も変わってくるから、早い段階で担当がつくに越したことはない』

と、おどけるように付け足した。

「……わかりました」

相手の言葉を飲み込み、俺は静かに頷《うなず》いた。

「ここから先は、紹介していただく編集部とやっていこうと思います」

『それがいいよ』

「あの……今まで本当にありがとうございました。この恩は、いつか必ず返させてもらいます」

『あはは。大げさだな。まあ、いつかきみが大作家になって恩を返してくれることを期待してるよ。割と本気でね』

冗談めかして言う海川先生。

たとえ冗談だとしても、最後に付け足された『本気で』という言葉が嬉しかった。

『新作の完成と出版、楽しみに待ってるよ。一人の同業者《ライバル》として——そして、途中まで読ませてもらった一人の読者としてね』

「……はいっ」

激励の言葉を噛《か》みしめ、力強く吠《ほ》えるように返事をした。

『それで、紹介する編集部のことなんだけど……実はもう、こっちである程度話は進めてあってね』

「え……そ、そうなんですか」

『事後承諾になって申し訳ない。ぬか喜びになると悪いから黙ってたんだけど……付き合いのある編集者に、前々から黒矢くんの話はしてたんだよ。プロットも第三章までの原稿もすでに渡してある』

「…………」

『評価は上々。ぜひ一緒に仕事がしたいそうだ』

「ほ、ほんとですか？」

『その人は、俺が知ってる編集者の中じゃかなり優秀な人だから、担当として問題はないと思う。けどまあ、こればっかりはやってみないとわからない。結局、担当と作家なんて相性《あいしょう》だからね。ある作家にとっては恩人である編集者が、ある作家にとっては親の仇《かたき》みたいに憎《にく》い存在、なんてザラにある話だ』

「………………」

わかっている。

確かに俺は、前の担当とは合わなかった。

正直、彼のことは嫌いだし、憎悪《ぞうお》みたいな感情もないわけではない。

でも――そんな彼とも、上手くやっている作家はいる。彼と一緒に仕事をして、大ヒットを飛ばしている作家はたくさんいる。

所詮《しょせん》、善悪なんて見る人次第。

誰かにとっての恩人は、誰かにとっての仇だったりするのが世の常だ。

『誰にとっても最高の編集者なんてのは、きっと世の中にゃいないだろう』

「………………」

『まあ、反対の……誰にとっても最悪な編集者ってのは……残念ながらごくごく少数存在するけど』

「……あはは」

笑える話ではなかったけど、笑うしかない話でもあった。

海川先生は一つ咳払《せきばら》いをしてから、仕切り直すように言う。

『黒矢くんが前の担当と上手くいかず、辛い思いをしたことはわかっている。だからまあ、あまり気構えずにやってほしいかな。俺の紹介だから断れない、とかそういうことは考えなくていいから。合わない編集者とはすぐに関係を切れ。これがこの業界で長生きする秘訣《ひけつ》だよ』

「……わ、わかりました」

『まあ、彼女に限ってはそんなに悪いことにはならないと思うけどね。クリエイターをすごく大事にしてくれる編集だから』

「え……か、彼女？」

『ん？』

「その人……じょ、女性なんですか？」

『そうだけど……なにか問題あったかい？』

「いえ、問題があるってわけじゃないんですけど……」

『意外と多いよ、女性のラノベ編集者。編集長を女性がやってるレーベルだって普通にあるし』

「はあ……」

『……もしかして女性が担当だとやりにくいとか？』

「そ、そういうわけじゃなくて……。なんていうか、ほら……今回の新作、ちょっとエッチなシーンもあるじゃないですか。ラッキースケベ的なシーンが……。そういうのを女性編集に読まれてアレコレ指摘されるのは……なんか、すごく恥ずかしいような気がして……。『こいつ、童貞の妄想《もうそう》みたいなエロシーン描いてきやがったな』とか相手に思われたら、なんか軽く死にたくなる気が……」

『……ぶはっ』

盛大に噴《ふ》き出すような笑い声だった。

『ははは。だ、大丈夫だって。向こうだってプロだから。お互い仕事としてやってるんだから、なにも恥ずかしがることなんてないよ』

「そ、それはわかってますけど」

『ふふふっ……なんだなんだ、急に思春期らしいことを言い出したね、黒矢くん。言葉遣《づか》いとか態度がしっかりしてるからすっかり忘れてたけど……そういえばきみ、まだ高校生だったんだよな』

大層おかしそうに笑う海川先生だった。

うーむ。やっぱり自意識過剰だったか。そうだよな、エッチなシーンを描写してるラノベ作家なんてたくさんいるんだから、恥ずかしくないよな。

それを恥ずかしいって思う方が恥ずかしいよな。

『女性といっても、きみより一回り以上年上で、そこそこ大きな子供もいる人だから。しっかりした大人の女性だし、変に意識することはないと思うよ』

「はあ……」

『気になる点がそれぐらいなら問題はないだろう。向こうに連絡しておくから、詳しい話は彼女と詰《つ》めてくれ』


海川先生が紹介してくれる編集者の人は、厳密には編集者ではないらしい。

特定の出版社のレーベルに属しているわけではなく、いわゆるエージェント会社に身を置いている人だそうだ。

『最近少しずつ増えてるんだよね、元編集者が独立して作った、エージェント会社。簡単に言えば……契約した作家のマネジメントをする会社だよ。出版社やゲーム会社、その他諸々《もろもろ》の外部交渉の窓口になったり、スケジュールを調整したり。そうやって作家がよりよい環境で仕事ができるよう、包括的なマネジメント業務を担ってくれるのが、エージェント会社だ』

とのこと。

『黒矢くんにはたぶん、この手の会社とエージェント契約して、執筆以外の雑務は代行してもらうのが性《しょう》に合っていると思う。俺みたいに外部との交渉を全部自分でやりたいタイプなら必要ないけど、そういうの……別にやりたくはないだろ？』

もちろんである。

やりたいわけがない。

エージェント契約を結ぶと、契約内容に応じて出版印税からマネジメント料が差し引かれる形になるそうだけれど……俺みたいな人脈ゼロの新人作家の場合、その手の会社の力を借りられるのは非常に大きい。

まあ……それを逆手《さかて》に取り、業界の常識もわかっていなさそうな新人作家に『これが業界の常識だよ』と言って不条理な契約を結ばせるタチの悪いエージェント会社も存在するそうだが……海川先生の紹介ならば信用できる。

その会社自体、俺も名前を知っているぐらいだし。

かつて大手ラノベレーベルにいたカリスマ編集者が独立して立ち上げたという、ラノベ界隈《かいわい》では有名なエージェント会社だ。

『ひとまずは彼女の仲介で、どこかの出版社から本を出す形がいいと思う。すぐに契約しなきゃいけないわけでもないし、契約するにしても、やり方はいろいろとある。まあ、万が一なにか揉《も》めるようなことがあったら……紹介した俺にも責任はあるし、いつでも相談してくれ』

最後の最後まで、親身になってくれる海川先生だった。

まったく……いい人すぎるだろ。

遊びとか娯楽とか偽悪的なことを言いまくっていたけれど、どう考えても全力の善行だと思う。いつか必ず恩返しがしたい。恩返しできるぐらい、立派なプロ作家になりたい。

そして。

電話が終わると、海川先生から連絡がいったのか、早速その編集者さんから俺のアドレスにメールがあった。
二、三定型文の挨拶を交わした後——なんと、向こうからの提案で早速電話で話をすることになってしまった。
電話番号を載せたメールを送信し、緊張しながら待つこと数分。
スマホに着信があった。
「も、もしもし」
『夜分遅くに失礼いたします。黒矢総吉《くろやそうきち》先生のお電話で間違いないでしょうか？』
落ち着いた女性の声だった。
丁寧な物腰と、静かだが優しい声。
「はい、そうです。黒矢と申します」
『はじめまして、黒矢先生。私は——』
『——ねえ、ママー』
突然、だった。
電話に別の声が割り込んできた。
ママと言ってるから、たぶん娘さんだろう。
子供がいると海川先生も言っていたし。

『なっ……。ま、待ってて！　今仕事の電話してるからっ！』

『ああ、そうなの？　まあ大した用事じゃないからいいんだけど。ただ、廊下にママのパンツ落ちてたってだけだから』

『きゃあああっ!?　え、ええ!?　なんで私のパンツが落ちてるの!?』

『さっき洗濯物持ってくときに落としたんじゃない？』

『あー、なるほど――じゃなくて！　電話中って言ってるでしょ！　なんでパンツとか言うの！』

『どうせ聞こえないでしょ』

『もし聞こえたらどうするのよ！』

『ていうか、私じゃなくてママの声でバレると思うよ』

『……え、ええ!?』

奇声めいた叫びを上げる編集者さん。

ぶっちゃけ……娘さんの言う通りだった。

娘さんの声は遠かったからイマイチ聞き取れなかったんだけど……編集者さんの声が大きいせいで事情が全部把握《はあく》できてしまった。

廊下にパンツが落ちていたらしい。

『と、とにかく、あっちに行ってなさいっ！』

『はいはーい。ごめんあそばせー』

娘さんを追い払った後、

『……も、申し訳ありません、黒矢先生。みっともないところを……』

と深々と謝罪してきた。

『私、在宅で仕事をしてますので……たまに、こういう失敗をしてしまうことが……』

「い、いえ……俺は全然……。今の、娘さんですか？」

『そうです。今、高校一年生で』

「高校一年……じゃあ、俺と同じぐらいですね」

『そうなりますね。黒矢先生、すごくお若いですから』

しみじみと彼女は言った。

社交辞令気味な褒め言葉かと思いきや、

『……そうかぁ、私もとうとう、娘と変わらない年の作家さんを担当するようになっちゃったんだなぁ。昔、大御所の先生の担当になったとき、「娘と変わらん年か」と鼻で笑われて、悔しい思いをしたものだけれど……そんな私が、今度は親の側かぁ……。この業界、本当に回転が速いから、最近担当する人がどんどん若くなってくんだけど……とうとう、とうとう娘と変わらない年齢の作家さんが……』

と独り言《ひとごと》のように続けた。

社交辞令ではなく、時の残酷さを憂《うれ》いた魂の叫びだったらしい。

『――はっ。す、すみません、たびたびみっともないところを』

「いえ……あの、元気だして頑張ってください」

『……はい。元気出して頑張ります』

涙を堪《こら》えるような声で言った後、

『では……今更ですが、改めて途中だった自己紹介の続きを』

と、仕切り直すように彼女は言った。

そして、先ほど遮《さえぎ》られた挨拶の続きが語られる。

『私、株式会社「ライトシップ」所属――歌枕綾子《かつらぎあやこ》と申します』

俺の新しい担当さんは、一児の母《ママ》のようだった。


歌枕さんとの初打ち合わせの電話は、たったの一時間程度で終わった。

ここで重要なのは、俺が『たったの』と思えたことだと思う。

この俺が。

陰キャでコミュ障で、初めての相手との電話なんてストレスしか感じないこの俺が、一時間もの電話を『たったの』と思えたのだ。

そのぐらい、時間をあっという間に感じた。

自己紹介混じり、雑談混じりの緩《ゆる》い打ち合わせではあったけれど、それでも有意義で濃密で、極めて生産的な打ち合わせだったように思えた。

もちろんそれは俺の手柄ではなく――歌枕さんの人柄や話術……ひいては編集者としての手腕が為《な》せる業なのだろう。

さすが海川先生をして『かなり優秀』と言わしめる編集者さんだ。

まあ、たった一時間の打ち合わせでなにがわかるんだという感じではあるし、そもそも俺みたいな経験の浅い新人に編集の善《よ》し悪《あ》しなんて判断できるはずもないんだけれど――でも。

端的に、彼女との打ち合わせは楽しかった。

修正指示は明瞭《めいりよう》で、こちらの意見もきちんと聞いてくれる。褒めてほしいところは大げさなぐらい褒めてくれて、そしてダメな部分はきっちりダメと言ってくれた。

正直、娘さん乱入あたりでは、ちょっと『おいおい……』と思ってしまう部分もあったけれど、そんな印象は打ち合わせ開始十分で一変した。

編集者としての彼女は、本当に優秀なんだと思う。

『この人とやっていきたい』と思える人だった。

なによりも嬉しかったのは、彼女が俺のデビュー作である『黒い世界で白いきみと』を読んでくれていたことだ。

好意的な感想をもらえたことも嬉しかったし、『前作を読んでくれたということは、それだけ俺との仕事を真剣に考えてるのかな』という期待も膨《ふく》らんだ。まあ、それを狙って計算で読んできたのかなとも邪推《じゃすい》してしまうけれど、ここは素直に喜んでおこうと思う。

しかし。

俺も変わったな、と思う。

デビュー作の感想をもらって、素直に喜べるなんて。

以前の俺だったら――

あの本の感想なんて、どんな感想だろうと受け付けなかっただろう。批判はもちろん、賛辞だってアレルギーのように拒絶してしまっていた。どんな言葉で褒められても信じることなんてできず、自虐《じぎゃく》に逃げ続けていたことだろう。

でも、今は違う。

ほんの少しだけ、素直になれた。

作品を褒められたら、素直に喜べるようになった。

それはきっと――白森《しらもり》先輩のおかげなのだろう。

彼女と出会ってなければ、今もデビュー作は俺にとっての黒歴史で、内容について言及されるだけで息苦しくなるものでしかなかった。

だから言い換えれば、今日の打ち合わせが上手くいったのも、白森先輩のおかげだと言っても過言ではないような気が――

「……いや、なんで結局最終的に白森先輩のこと考えてんだよ、俺は」

セルフツッコミ。

うーむ。

我ながら情けないやら、恥ずかしいやら。

これでは『誰といても私のことばっかり考えちゃうんだね』とか言われても返す言葉がないな。

「……はあ」

一つ息を吐《つ》き、頭を切り替える。

やることは――たくさんできた。

原稿の続きを書かなければならないし、『ライトシップ』とのエージェント契約についても考えなければならない。未成年の俺は最終的には親の同意が必要となるそうなので、どこかでタイミングを見て親にも相談しなければ。

……大丈夫だろうか？

海川先生と連絡を取ってコソコソと小説を書いてることは、両親には内緒にしている。

俺がまた小説を出したいとな言い始めたら、両親は反対するかもしれない。

なにせ中学時代……俺は商業小説で失敗したせいで、一時期かなり精神的に不安定だった。

不登校になって部屋に閉じこもっていたレベルだ。

当時は本当に、家族に心配と迷惑をかけてしまった。

そんな俺が再びプロとして本を出そうとしていると知れば……やはり、親としては反対するのが当然だろう。

でも。

もし仮に反対されても――どうにか説得してみよう。

もうこの気持ちは、この意欲と熱意は、止められる気がしない。

早く。

一刻も早く、物語を完成させたい。

この気持ちが熱いうちに書き記しておきたい。

そして――読んでもらいたい。

多くの読者に。

なにより、この世で一番大好きな彼女に――

「……よしっ」

決意を新たに、俺は小説の続きを執筆するべくノートパソコンへと向かう――ことはなく、寝るための準備を始めた。

さすがにもう時間が遅い。

いくら熱意が溢れてるからって、徹夜して執筆するようなナンセンスな真似はしない。徹夜なんて、翌日のパフォーマンス低下を考えれば明らかに効率の悪いやり方だ。夜は寝る。規則正しい生活をする。作家みたいな自由業だからこそ健康的な生活を目指すべきだと、ツイッターとかで多くの先輩作家が言っている。

寝間着に着替えて歯を磨き、トイレを済ませて自室に戻り、明日放送の国民的ニチアサ美少女アニメ『ラブカイザー』の予約を確認し、さあ後は寝るだけだとなったところで――

なんとスマホにメッセージが届いた。

相手は――右京《うきよう》先輩。

前置き的な挨拶もなく、そして『こんな夜遅くにごめんな』的な謝罪もなく、端的な質問が送られてきていた。

『黒矢、お前、明日暇か？』

「……うわ」

出たよ。

一番やめてほしい質問の仕方だ。

暇かどうか尋ねるときは、まず最初に要件を言ってくれ。暇かどうかは要件で決まるんだから。絶対にその方がいいって。暇だけど断りたい用事のときは『すみません、外せない用事がありります』と嘘で断らせてくれ。絶対にその方が双方のためになると思うんだ。

まあ今回の場合……要件はわかってるようなもんだけど。

うわあ、どうしようかなあ。

十中八九……っていうか、百パーセント刻也《ときや》絡みのことだろう。

二人が上手くいくための作戦会議的なものに付き合わされるんだろう。

うえー……俺、貴重な日曜日をあの先輩に捧げなければならないの？

「……んあー」

数秒の懊悩《おうのう》した後、俺はこんな風に返した。


『暇ですけど、どうしたんですか？』


理由はいろいろあるけれど……強《し》いて一つ挙げるならば、罪悪感だろう。

右京先輩の恋を秘密にしておくという約束を、俺は速攻で破った。その日のうちに白森先輩にバラしてしまった。

後悔しているわけじゃないけれど、まあ、申し訳ないとは思っている。

ならば休日の呼び出しぐらいは甘んじて受け入れよう。

数十秒後、右京先輩から早めの返信が来る。

内容は、かなり予想通りのものだった。

『おし！ じゃあ、十三時にこの前のカラオケ店に集合な！ 作戦会議すっぞ！』

かくして俺の貴重な休日は、右京先輩の恋路を応援するために費やすことになってしまった。

ややうんざりとした気持ちになりながら、俺は床に就く。

このときは——思いもしなかった。

まさかこの作戦会議のせいで——俺と白森先輩の間に、亀裂が生じてしまうなんて。

エピローグ&ネクストプロローグ

週が明けて、月曜日。

黒矢《くろや》くんとの初デートから、二日経った月曜日。

私はいつものように学校へと向かった。

「…………」

おっと。

いけない、いけない。

気を抜くと頰《ほお》が緩《ゆる》んでしまいそうになる。

デートのことを思い出して、幸せが表情に出てしまいそうになる。

はぁー……よかったなぁ。

いろいろ想定外のこともあったけど、結果的に最高のデートだったと思う。

至福で、尊《とうと》くて、何事にも代えがたい唯一無二の時間だった。

まったく……私をこんなにも幸せにしてるっていうのに、なぜ当の本人はやや自信なさげなんだか。

まあ。

そういうところが好き……とか言ってみたり？

「おう、霞《かすみ》」

と。

思い出に浸っていたら、昇降口で軽く肩を叩かれた。

「杏《あん》、おはよう」

「おっす。どうした霞？　朝から幸せそうな顔して」

「え？　そんな顔してた？　別に普通だよ、普通」

平静を装って誤魔化《ごまか》すも、内心ではドキドキ。

ヤバい、ヤバい。

そんなに顔に出てたのか、私？

顔を作るのは上手なつもりなのに——虚《むな》しさや悲しみは隠すのが上手いくせに、幸福を隠すことだけが本当に下手っぴだ。

「ん？　なんだこれ？」

杏が私のリュックを見て言う。

視線の先にあるのは——白い熊のキーホルダー。

土曜日のデートで、黒矢くんからプレゼントしてもらったもの。

我慢できず……ついついつけてきてしまった。

しかも通学用リュックという、一番目立つところに。

まるで、周囲にアピールするみたいに。

はあ。

我ながら浮かれすぎてて、ちょっと恥ずかしい。

まあたぶん、黒矢くんはつけてこないと思うから、これ単体なら彼とお揃《そろ》いってのはバレないでしょう。

向こうも目立つところにつけてきちゃってたら……そのときはそのときで。

「霞、こんなのつけてたっけ？」

「んー、ちょっとね。土日で新しく買ったやつ」

「ふぅん、かわいいな」

「どもども。杏は土日、なにしてたの？」

「私か？　私はまあ……有意義な休みを過ごしてたよ」

はぐらかすように言う杏。

まあ……実はわかってるんだけど。

昨日、黒矢くんから連絡があった。

『呼び出されたので、今日、右京先輩と会ってきます』と。

　杏とのことは気にしないって言ったのに、それでもこうやって逐一《ちくいち》連絡をしてくるなんて……まったく、律儀なんだから。

　浮気だなんて思ってないのに。

　私、そんなに狭量《きょうりょう》な彼女じゃないのに。

　杏と二人きりで会うことなんてなんの心配も……まあ、してないと言えば嘘になってしまうかもしれないけれど。本当はちょっぴりモヤモヤする気持ちもないわけじゃないけど──でも。

　黒矢くんのことなら、信頼できる。

　それに……友達として、杏の恋も上手くいってほしいと思うし。

「そっかー、有意義な休みならよかったね」

　適当に話を合わせつつ、私達は靴を履き替えて三年の教室へと向かう。

「ああ、そうそう」

　階段を昇っている途中、杏が思い出したように口を開く。

「霞と部活一緒の二年……黒矢ってやついるだろ？」

「……うん、いるけど」

　少し驚く。

　まさか杏の方から、黒矢くんに言及してくるとは思わなかった。

　黒矢くんとの協力関係は、私には内緒のはずなのに。

「どうかしたの？」

「いや、なんつーか……最近、偶然……いやほんとに偶然、黒矢と話す機会があったんだけどさ、あいつってすげえのな」

杏は言う。

どこか誇《ほこ》らしげに。

「あいつって──プロの作家なんだろ？」

「…………」

さらに驚く。

驚きのあまり、体の動きがぎこちなくなってしまう。

どうして杏がそのことを……？

昨日の作戦会議で、黒矢くんから聞かされたの？

でも、彼が自分から話すとは思えない。

商業デビューの過去は、彼にとってすごくセンシティブな問題だったはず。その過去を徒《いたずら》に吹聴《ふいちょう》するはずがない。

黒矢総吉《そうきち》という少年の、大事な大事な過去の足跡《そくせき》であり、おいそれと触れることは許されない心の最深部。

この高校で知っているのは、中学からの知り合いである刻也《ときや》くんを除けば、私一人だったはず。

それなのに、どうして杏が、そのことを――

「いやー、すげえな。私、そういう奴初めて会ったよ。ほんとすげえよ。まだ高校生だってのに、プロの作家として活動してるなんてよ」

激しく動揺《どうよう》してしまう私をよそに、杏は実に陽気な口調で言う。

得意げに、自慢するみたいに、黒矢くんのことを語る。

「しかもさ……へへっ」

すでにこれ以上ないぐらいに動揺していた私の心は、続く言葉でさらに激しく揺さぶられることとなる。

「私、今書いてる原稿も読ませてもらったんだよ」

頭が、真っ白になるようだった。

告げられた言葉の意味が、まるで理解できない。

「今書いている、原稿……?」

「おう。霞は見せてもらってないのか?」

「……うん」

「そっか。ああ、そういえば、仕事関係の人以外に読んでもらったのは初めてだって言ってたな。……ってことは私が初めての読者になるのか。ははっ、なんか光栄な気分だぜ」

「………」

「まだ最後まで書き終わってないらしいんだけど……それが、めちゃくちゃ面白くてさ！　私でもスラスラ読めちまった。あー、早く続き読ませてくれねえかなあ」

「………」

「なんかもう、担当もついて出版もほぼほぼ決まってるらしいぜ。いずれ書店に並ぶんだってよ。そしたら私、サインとかもらっちまおうかなー。いずれあいつが有名になったら、最初のサイン本とかプレミアがつくかもしれねーし」

「………」

続く言葉はまるで頭に入ってこない。

それなのに——心には深々と突き刺さる。刺さって刺さって、なにもかもを根こそぎに抉《えぐ》り取っていくみたい。

なんで。

どうして。

なんでなんで。

どうしてどうしてどうして——

表現しようのない焦燥《しょうそう》感と不安が心を埋め尽くしていく中——頭の奥底から、洪水《こうずい》のように溢《あふ》れ出す記憶があった。


去年の文化祭。

なにもかもが綺麗に終わった後——

「……………」

二人きりの、文芸部の部室。

私の隣では黒矢くんが、机に突《つ》っ伏《ぷ》して眠っていた。

ここ数日、ほとんど寝ていなかったらしい。

追い詰められて困り果てていた私を救うために、彼は不眠不休で孤軍奮闘《こぐんふんとう》してくれた。不器用ながらも誠実に、ただただ私を助けようとしてくれた。

全てが終わった今は、とても安らかに眠っている。

そんなヒーローの寝顔を——私は隣で見つめている。

とても幸福な気持ちで、眺めている。

「……ねえ、黒矢くん」

寝顔に向けて、私は言う。

「いつかまた——小説書いてよ」

相手に聞こえていないことはわかっている。

だからこその、剝《む》き出しの本音だった。

自分でも嫌になるぐらい面倒な性格をしている私は、面と向かって本当の言葉をぶつけることなんてできやしない。

臆病《おくびょう》でズル賢《がしこ》い私は、本音を語ることがとても苦手だから。

こんなお願い、面と向かっては絶対にできない——

「黒矢くんはやっぱり、もう一回作家を目指すべきだと思う。絶対に才能あると思うし……なにより私がまた、黒矢くんの物語を読みたいから。黒矢くんの書くお話、私、大好きなんだ」

私は言う。

包み隠さない本音を。

独占欲に塗《まみ》れたわがままを。

「また書いてよ、黒矢くん——そして」

私は言う。

一人のファンとして。

一人の、恋に落ちた女として。

「できることなら——一番最初に私に読ませて。私……世界中の誰よりも先に、黒矢くんを味わえる人になりたいな」

それは——恥ずかしいぐらいに剝き出しの欲望。
醜《みにく》くて無様《ぶざま》で、相手に甘えきったような、情けない願望。
とてつもなく一方的で——でもとても大切な、祈りのような願いだった。

あとがき

いざ自分が子育てするようになってつくづく思いますけれど……大人が言う『いい子にしてなさい』は、大人にとって『都合のいい子でいなさい』って意味なんですよね。大人にとって、社会にとって『都合のいい子』。もちろん、それが間違っているわけではないでしょう。『善良』と『他人にとって都合がいい』は大体イコールですから。『いい子』でいた方が社会で生きやすいのは間違いないです。ただまあ、子供に『いい子』であることを求めるとき――『いい子でいなさい』と叱るとき、それは子供のために言っているのか、それとも自分が楽をしたくて言っているのか、その辺はしっかり考えようと思います。別にどっちがいいとか悪いとかではないんですけど、恩着せがましいのはみっともないので。自分が楽をしたいときは「お前のためを思って言ってるんだ！」ではなく、「俺が楽をしたいから、俺のために協力してくれぃ……！　いい子になっていろいろ手伝ってくれぃ……！」と正直に言えるパパでありたいです。

そんなこんなで望公太です。

大好きな先輩に好意を見抜かれてお試し交際するラブコメ、第二弾。今回はデートと、先輩の過去に少し踏み込む物語でした。

なんか思い切り次巻に引く形となってしまって申し訳ありません。三巻では一、二巻でなにかと言及してきた一年前の文化祭についてきっちり描きつつ、二人の関係をもっともっと掘り下げていきたいと思っております。乞うご期待。

あと……今回のちょろっと出てきた子持ち女性編集者『歌枕綾子』は、僕が電撃文庫から出している『娘じゃなくて私《ママ》が好きなの⁉』のヒロインだったりします。彼女と隣に住む大学生のラブコメが読みたい方は、よかったらそちらもどうぞ。

そして告知！

なんと――『きみ好き』が漫画になります！

なにかと大変な時期に一巻が出てどうなることかと思いましたが、続刊&重版が決まるぐらい順調に売れてくれて、さらにはコミカライズまで……。これも読者の皆様のおかげです。本当にありがとうございます。

コミカライズの続報は公式ツイッター等で告知いたしますので、少々お待ちを。

最後に謝辞。

担当の中溝様。今回もお世話になりました。これからもお世話になります。イラストレーターの日向あずり様。今回も素晴らしいイラストをありがとうございます。表紙の先輩の、今にもデートに誘ってきそうな感じがたまりません。これからもよろしくお願いします。

そして、この本を手に取ってくださった読者の皆様に最大級の感謝を。

それでは、縁があったら三巻で会いましょう。

望公太

ファンレター、作品の
ご感想をお待ちしています

〈あて先〉

〒106－0032
東京都港区六本木2－4－5
ＳＢクリエイティブ（株）
GA文庫編集部 気付

「望　公太先生」係
「日向あずり先生」係

本書に関するご意見・ご感想は
右の QR コードよりお寄せください。

※アクセスの際や登録時に発生する通信費等はご負担ください。

https://ga.sbcr.jp/

きみって私のこと好きなんでしょ？2
とりあえずデートでもしてみる？

発　行　　2020年10月31日　初版第一刷発行
著　者　　望　公太
発行人　　小川　淳

発行所　　SBクリエイティブ株式会社
〒106－0032
東京都港区六本木2－4－5
電話　03－5549－1201
　　　03－5549－1167（編集）

装　丁　　AFTERGLOW

印刷・製本　中央精版印刷株式会社

ISBN978-4-8156-0565-0
Printed in Japan
GA文庫

16
試読版は
こちら!